Diogenes Taschenbuch 23664

Arnon Grünberg
Gnadenfrist

*Aus dem
Niederländischen von
Rainer Kersten*

Diogenes

Die Originalausgabe erschien 2004
unter dem Titel ›Het aapje dat geluk pakt‹
im Auftrag von Bijenkorf Boekhandels
anläßlich des Literarischen Büchermonats
bei de Bijenkorf, Amsterdam,
und 2005, erweitert um die Reiseimpressionen
Der Duft des Glücks. Arnon Grünberg in Lima,
im Verlag Nijgh & Van Ditmar, Amsterdam
Copyright © 2004 by Arnon Grünberg
Die deutsche Erstausgabe
erschien 2006 im Diogenes Verlag
Umschlagillustration:
Jack Vettriano, ›A Date With Fate‹
Copyright © by Jack Vettriano
Mit freundlicher Genehmigung der
Portland Gallery, London

Veröffentlicht als Diogenes Taschenbuch, 2008
Alle deutschen Rechte vorbehalten
Copyright © 2006
Diogenes Verlag AG Zürich
www.diogenes.ch
80/08/44/1
ISBN 978 3 257 23664 4

Bei einem Botschaftslunch zu Ehren zweier niederländischer Nonnen, die sich seit fünfundzwanzig Jahren für minderjährige Schuhputzer einsetzen, geht Jean Baptist Warnke mit einem Mal auf, daß seine Zufriedenheit schon fast etwas Anstößiges hat. Schöner kann das Leben nicht mehr werden, und das braucht es auch nicht. Er kann sich nicht vorstellen, wie. Obwohl er mit seiner Frau seit acht Jahren zusammenlebt, ist er immer noch in sie verliebt. Er hat zwei Töchter, eine von vier und eine von anderthalb Jahren, die er ebenfalls liebt, und er ist zweiter Mann der Botschaft, mit guten Aussichten, einmal irgendwo erster Mann zu werden. Lima gefällt ihm: ausgezeichnetes Klima, und seine Frau hat nach langem Suchen endlich eine bescheidene Villa gefunden, die all ihren Anforderungen entspricht. Weil sie mit ihrem Juraabschluß nichts anstellen kann – sie hat nicht mal ein *cum laude* – widmet sie ihre Tage dem Streben nach Schönheit und Perfektion. Anderthalb Jahre hat sie gebraucht, das Haus geschmackvoll einzurichten, allein die Suche nach dem richtigen Toaster nahm drei Wochen in Anspruch. Danach verlegte sie sich aufs Modeschöpfen: Röcke und Kleider, die sie von einem Schneider in Barranco nähen läßt. Die Stoffe kauft sie auf dem Markt, in Begleitung der Haushälterin, denn ihr Spanisch ist rudimentär.

Sie arbeitet viel mit Leder und ist schlank wie eine Gerte. Das weckt bisweilen den Unmut jener Diplomatengattinnen, deren Bäuche und Oberschenkel vom schweren Leben im Ausland massive Proportionen angenommen haben. Bei Empfängen tuschelt man, daß Mevrouw Warnke an einer Eßstörung leide, doch solche Gerüchte erstickt ihr Mann im Keim: »Das ist bei ihr ganz normal«, sagt er, »sie ist so gebaut, es liegt an ihren Knochen.« Warnkes Frau hat leichte Knochen.

Er gehört keiner Religionsgemeinschaft an, doch ab und zu hat er das Bedürfnis, Gott für alle ihm bescherten Glücksgüter zu danken. Glaube ist für ihn etwas Ähnliches wie Vertrauen in den Menschen: eine Frage des Anstands. Er weigert sich, vom Schlechten in seinen Mitmenschen auszugehen, wer das tut, hat nicht richtig hingesehen, findet er. Warnke hat wenig Talent zum Zynismus. Es scheint ihm wahrscheinlich, daß irgendwo ein Regisseur herumläuft, den er mangels besserer Bezeichnung gern »Gott« nennen will. Doch naiv ist er nicht. Vor jedem längeren Spaziergang – er geht gern zu Fuß, vor allem durch Städte – legt er die Armbanduhr ab und nimmt das Portemonnaie aus der Brusttasche.

»Woher nehmen Sie nur die Kraft?« fragt er seine Tischnachbarin, eine der beiden Nonnen, während das Hauptgericht – ziemlich zähes Rindfleisch – aufgetragen wird. »Sich seit fünfundzwanzig Jahren für all die kleinen Schuhputzer einzusetzen?« Beim Aperitif hat sie ihn gebeten, sie Johanna zu nennen.

»Wir sehen das Leid dieser Jungen«, sagt Johanna. »Das gibt uns Kraft.«

Leiden gibt Kraft, das vergessen die meisten. Doch Warnke versteht, was sie meint, er schneidet sein Rindfleisch, wirft einen kurzen Blick auf den Botschafter, der gerade mit der anderen Nonne schäkert, und sagt dann: »Johanna, Menschen wie Sie erhalten diese Welt am Leben.«

Jeder Diplomat gestaltet seine Funktion auf eigene Weise; Warnke macht Menschen Mut. Ob es im ausländischen Gefängnis einsitzende Niederländer sind, Nonnen, die sich seit Jahrzehnten für minderjährige Schuhputzer einsetzen, oder ein Außenminister, der das Gastland besucht – jeder bekommt ein paar ermutigende Worte. Nennen wir's Trost. So macht man Karriere. Aufmuntern, vertrösten, schweigen und eine gute Intuition für taktische Versöhnungen.

Kurz nach dem Dessert beendet der Botschafter den Lunch. Er wird immer schnell müde und erzählt schon seit Jahren dieselben Witze, wodurch seine Worte einen leicht melancholischen Unterton bekommen haben, den manche Leute für warmherzig und menschlich halten.

Die Nonnen gehen, ihre Auszeichnung in einer Plastiktüte, nach Hause, manchmal kommt die Belohnung für gute Taten noch vor dem Tod, und Warnke zieht sich in sein Büro zurück, wo er eingehend die Fotos seiner beiden Töchter betrachtet und dann für ein paar Sekunden den Blick auf einem Porträt der Königin ruhen läßt.

Warnke sieht jünger aus, als er ist, und ihm ist klar, daß er dafür bezahlt wird, nichts zu tun. Dafür, zwei freundlichen Nonnen bei einem offiziellen Lunch Gesellschaft zu leisten. Auf Cocktailpartys zu erscheinen, niederländische Unternehmer bei ihren Aktivitäten zu beraten – theoretisch, denn praktisch verfügt er über keinerlei Ratschläge von irgendwelchem Wert, nur über ein paar Allgemeinplätze, die er notfalls zu einer halbstündigen Rede auswalzen kann. Dafür, daß er ab und zu einen Landsmann im Gefängnis besucht. Höhepunkte in seiner Karriere, diese Visiten im Gefängnis.

Einmal besuchte Warnke einen jungen Niederländer, der behauptete, von seinen Bewachern gestoßen und geschlagen zu werden. Er hatte ein blaues Auge, und ihm fehlten ein paar Zähne. Nach seinen Worten hatten sie ihm mit dem Hammer die Nase gebrochen. Laut offiziellem Untersuchungsbericht war er die Treppe hinuntergefallen. Die peruanischen Behörden beschuldigten ihn der Unterstützung einer marxistischen Rebellenorganisation. Der Beschuldigte selbst sprach von anthropologischen Forschungen. Warnke machte ihm Mut, wie er das bei vielen anderen schon getan hatte.

»Ich werde eine Beschwerde einreichen«, sagte Warnke. »Sie können auf uns zählen.« Er ließ dem jungen Mann einen Obstkorb da und zwei Edamer Käse. Nach Auffassung des Außenministeriums geht Heimweh durch den Magen. Auch im Gefängnis, gerade dort. Wenn man es recht bedenkt, ist Freiheit vor allem eine Frage richtiger Ernährung.

Zurück in der Botschaft erstattete Warnke seinem Vorgesetzten sofort Bericht, doch der sagte: »Wir haben schon Schwierigkeiten genug, Warnke. Verbrennen wir uns nicht die Finger. Außerdem ist der Junge 'ne ziemlich schräge Type, vergessen Sie das nicht.«

»Sie haben recht«, sagte Warnke und zerriß die Beschwerde, die er sicherheitshalber schon getippt hatte. Der Botschafter hatte schließlich immer recht, das machte ihn auch so melancholisch.

Um das Zerreißen der Beschwerde wiedergutzumachen, ließ Warnke dem jungen Mann ein paar zusätzliche Obstkörbe und Edamer Käse ins Gefängnis schicken.

Ein paar Monate darauf starb der Junge an Herzversagen. Die peruanischen Behörden ließen eine Autopsie durchführen, und tatsächlich: ein eindeutiger Fall von Herzversagen. Der Botschafter schickte der Familie ein Beileidsschreiben, und Warnke gab sich große Mühe bei der Repatriierung der Leiche. Das gehört zu seinen Aufgaben. Wenn Niederländer im Ausland sterben, müssen sie wieder in die Heimat zurückbefördert werden.

Warnke setzt sich an seinen Schreibtisch, er hat Sodbrennen, ein offizieller Lunch schlägt ihm immer auf den Magen.

Sein Vater war ein begabter Mathematiker, der in der Welt der Statistik ziemliches Ansehen genoß, weil er einige für die Caterer der internationalen Fluggesellschaften äußerst nützliche Modelle entworfen hatte. Jedesmal wenn Warnke im Flugzeug eine Mahlzeit zu sich nimmt, muß er an seinen Vater denken. Auch er selbst hatte sich zur Wissenschaft hingezogen gefühlt, doch es funkte nicht zwischen ihm und ihr, und so wandte er sich nach einigen Enttäuschungen der Diplomatie zu. Vor allem aufgrund seines Namens. Jean Baptist

Warnke – mit so einem Namen kann man eigentlich nur Diplomat werden.

Das macht ihn nicht bitter, im Gegenteil: es erfüllt ihn mit Dankbarkeit. Er begann seine diplomatische Ausbildung, lernte auf dem Amsterdamer Flughafen seine Frau Catherina kennen, sie verliebten sich. Er arbeitete eine Weile in Den Haag, wurde dann Kulturattaché in Pretoria und ist jetzt zweiter Mann in Lima.

Noch eine Stunde bleibt er an seinem Schreibtisch, in Gedanken versunken, halb schlafend, dann steht er auf und schlendert zum Café El Corner, ein paar Straßen weiter, wo fast immer eine kaum zwei Wochen alte *Newsweek* herumliegt.

Die Umgebung der Botschaft gefällt ihm: Villen mit Gärtnern, ein kleiner Park, viele Autowerkstätten. Die niederländische Botschaft in Bogotá liegt in einer besseren Gegend, aber nun ja, es wurde nun einmal Lima. Man kann nicht alles haben. Wenigstens verfolgen einen hier kaum Händler, die einem irgendwelches überflüssige Zeug andrehen wollen, wie in der Innenstadt. Er sieht ein, daß Straßenverkauf ein unvermeidliches Phänomen ist, vor allem in solchen Ländern, doch es deprimiert ihn – all der Plunder, der den Besitzer wechselt.

Die *Newsweek* von vor zwei Wochen ist gerade besetzt, darum starrt er aus dem Fenster und nimmt kleine Schlucke von seinem Kaffee. Es ist neblig, das ist das einzige, was ihn manchmal bedrückt, der Nebel, der den Großteil des Jahres über Lima hängt. Doch besser Nebel als Regen.

Er winkt seinem festen Schuhputzer, einem achtjährigen Jungen, der zusammen mit seiner jüngeren Schwester in dieser Gegend für geputzte Schuhe sorgt. Roberto heißt er. Ein netter Junge; viele Schuhputzer sind halbe Kriminelle, doch Roberto rührt Warnke. Und sei es nur deshalb, weil er, wenn gerade keine Kunden da sind, mit seiner Schwester spielt und für sie immer wieder die Mülleimer nach möglichem Spielzeug durchwühlt. Wenn Warnke das sieht, muß er an seine Töchter denken, Isabelle und Frédérique.

Jeden Tag an der Arbeit hat er tadellose Schuhe; dazu trägt er einen dreiteiligen Anzug. Jedesmal, bevor er sich erhebt, knöpft er sich sorgfältig das Jackett zu, auch wenn er nur zur Toilette muß.

Was für andere die Zigaretten, ist für ihn das Auf- und Zuknöpfen des Anzugs. Er kann es nicht lassen. Catherina macht das nervös, doch Warnkes Tick ist stärker.

Seine Mutter ist leicht senil. Manchmal telefoniert er mit ihr, sie wohnt in einer Seniorenresidenz bei Arnheim, mitten im Wald, frische Luft bekommt sie genug, und ab und zu weiß sie sogar noch, wer er ist. Lang dauern diese Momente nie, doch lang genug, um ihn mit Dankbarkeit zu erfüllen.

Sein Vater lebt nicht mehr, er ist nach einem Vortrag vor Mitgliedern der Nationalen Statistikbehörde vor den Zug gesprungen. Ohne Angabe von Gründen. Offiziell hieß es, er sei gestürzt.

Vor allem Catherina, sie erwartete gerade ihr erstes Kind, war tief verstört. »Warum macht jemand so was?« fragte sie. »Ich fand ihn so nett.«

»Ich weiß es nicht«, sagte Warnke zu seiner lieben Frau, »ich hab keine Ahnung, warum jemand so etwas macht.«

Eigentlich müßte er zur Botschaft zurück, um noch eine halbe Stunde schweigend am Schreibtisch zu sitzen und dann ein Glas Wein mit dem Botschafter zu trinken, der nun einmal die Gewohnheit hat, seinen Arbeitstag mit einer halben Flasche Riesling zu beenden, doch er hat es gerade so gemütlich. Französischer Riesling: Der Botschafter läßt ihn extra einfliegen, denn von chilenischem Chardonnay bekommt er Sodbrennen.

Warnke setzt die Brille ab, reibt sich die Augen und erinnert sich dunkel an einen unangenehmen Traum. Während Roberto ihm die Schuhe bürstet und leise ein Lied singt, hat sich ein Mädchen neben Warnke gesetzt. Obwohl es nicht kalt ist, wärmt sie sich die Hände an einer Tasse Tee, dann nimmt sie ein Buch aus einer grünen Tasche und beginnt zu lesen.

Roberto massiert die Schuhcreme mit den Fingern ins Leder, wovon die Finger eine eigenartige Farbe bekommen haben. Es sind nicht die Finger eines Kindes, sondern eines alten, abgearbeiteten Mannes. Der Schuhputzer bekommt sein Geld, nimmt seine Schwester am Arm und zieht sie aus dem Café. Es gibt keine Kunden mehr.

Warnke merkt, wie das Mädchen neben ihm ihn anstarrt. Er setzt ein sanftes Lächeln auf, rückt die Brille gerade und denkt dann an die beiden Nonnen, die heute ihre Auszeichnung bekommen haben. Das Retten von Seelen ist eine undankbare Aufgabe, vor allem heutzutage, wo die Seele abgeschafft ist. Schade eigentlich, Warnke reizt die Vorstellung einer Seele, die man verkaufen könnte. Er wüßte nicht, wem, doch der Gedanke gefällt ihm.

Bevor er geht, nickt er dem Mädchen kurz und distanziert zu, weil sie ihn immer noch ansieht, es wird an seiner Größe liegen.

Aus einem Etui nimmt er seine Sonnenbrille und setzt sie auf. Dann geht er an die Arbeit zurück. Auf Passanten macht er vermutlich einen distinguierten, doch leicht verwirrten Eindruck: durch seine nervösen Bewegungen, die etwas unpassende Sonnenbrille und weil er immer wieder stehenbleibt, als hätte er etwas vergessen, als wollte er sich umdrehen und irgendwohin zurückkehren. Doch niemand macht sich die Mühe, genau hinzusehen.

Jean Baptist Warnke ist ein Einzelkind, doch nie besonders verwöhnt worden. Maßhalten wurde in seinem Elternhaus großgeschrieben. In der Botschaft trinkt er aus Höflichkeit etwas Riesling. Alkohol bedeutet ihm wenig. Essen ebenfalls, Kaffee dagegen viel, und der Gedanke an Sex kann ab und zu ganz reizvoll sein.

Nachdem er Warnke das zweite Glas eingeschenkt hat, sagt der Botschafter: »Diplomatie ist die Kunst des Möglichen, Warnke. Den Haag versteht das nicht, sie sehen nicht, was möglich ist, weil sie die Praxis nicht kennen.«

»Ja«, sagt Warnke, »Sie haben recht. Den Haag kennt die Praxis nicht.«

Zu Hause legt er sich mit seinen beiden Töchtern in die Badewanne, und nach dem Abendessen bewundert er einen Lederrock, den seine Frau entworfen hat. Sie fragt: »Ob ich auch Taschen machen soll? Was meinst du?« Er kann es nicht leugnen, er ist mit einer außergewöhnlichen Frau verheiratet. Vielleicht hat er mehr bekommen, als er verdient. Seine Frau scheint das ähnlich zu sehen, denn oft sagt sie: »Du darfst dich nicht so an den Rand drängen lassen, du mußt Verantwortung übernehmen.«

Er versucht, mehr Verantwortung zu übernehmen, doch das ist nicht seine Stärke.

Warnke kuschelt sich aufs Sofa, in die Arme seiner Frau, und hat das angenehme Gefühl, nicht viel mehr zum Glück zu brauchen. Catherina fragt: »Was hältst du davon, wenn wir noch ein Kind bekämen, einen Jungen? Das wär auch nett für die Mädchen.« Die Fleischeslust, denkt Warnke, die Gier, und endlich erinnert er sich an seinen unangenehmen Traum.

Am folgenden Nachmittag ist die *Newsweek* im El Corner wieder belegt, notgedrungen nimmt Warnke eine Ausgabe von *Cosas,* einem peruanischen Lifestylemagazin, in dem er vor allem die Rubrik »Vida Social« studiert. Vor sechs Monaten war ein Foto des niederländischen Botschafters darin abgedruckt. Was dem Botschafter trotz vieler Dienstjahre und Auszeichnungen sehr schmeichelte.

Am frühen Morgen hat Warnke in der Stadt Cuzco ein neues Projekt der Botschaft besucht, das zusammen mit dem niederländischen Kultusministerium gefördert wird. Ein Dokumentationszentrum, das helfen soll, vom Aussterben bedrohte

Indianersprachen vor dem Untergang zu bewahren. Er hat einigen Vertretern der einheimischen Bevölkerung die Hand geschüttelt und erklärt, daß die niederländische Regierung alles dafür tun wolle, ihre Sprachen vor dem Untergang zu bewahren. Dafür habe man extra zwei niederländische Akademiker aus Groningen eingeflogen, die *full time* an den aussterbenden Sprachen arbeiten würden. Die Groninger Universität ist finanziell an dem Projekt beteiligt. Schließlich geht es um Forschung, und wo Forschung ist, ist auch Prestige.

Nach seiner Rede verschenkte er ein paar Delfter Fliesen, und eine Journalistin der *Volkskrant* fotografierte ihn mit Fliesen und einheimischer Bevölkerung, das Dokumentationszentrum gut sichtbar im Hintergrund.

»Wie viele Sprachen sind eigentlich vom Aussterben bedroht?« fragte die Journalistin noch, während Warnke schon unterwegs zu seinem dunkelblauen Mercedes war. Vorsichtig, um keine Schlammspritzer auf die Hose zu bekommen.

»Zweiundzwanzig«, antwortete Warnke. Zum Glück hatte seine Assistentin ihn gut präpariert. »Wir aus einem kleinen Sprachgebiet haben eine besondere Verantwortung, andere bedrohte Sprachen mit unserem Know-how zu unterstützen.« Er zeigte auf das Dokumentationszentrum, das wie ein moderner Tempel aus der Wildnis emporragte, vor der immer wieder malerischen und ergreifenden Kulisse eines Slums. »Die Infrastruktur der internationalen Zusammenarbeit muß endlich auch die einheimische Bevölkerung erreichen.«

Vom Rücksitz des Mercedes aus winkte er noch kurz den beiden niederländischen Akademikern vor ihren nagelneuen Jeeps mit kugelsicheren Scheiben zu. Gesponsert ebenfalls vom Kultusministerium. Wo Sprachen aussterben, sind leicht auch Menschenopfer zu beklagen.

Dann flog er eilig zurück nach Lima. Von Cuzco aus dauert der Flug kaum eine Stunde, und das ist gut, denn der Botschafter bleibt nicht gern allein. Der Mann ist nicht nur melancholisch, sondern auch ein leichter Hypochonder, und Einsamkeit schürt seine Ängste vor tödlichen Krankheiten, von Prostatakrebs bis Hirnblutung, manchmal jedoch auch nur vor einer ordinären Blutvergiftung.

»Wie war's?« wollte der Botschafter wissen. »Ist es was geworden, das Dokumentationszentrum? Wir haben uns den Kopf zerbrochen, wie wir's bezahlbar halten und trotzdem noch ein wenig niederländisches Design drin unterbringen können.«

In der Eingangshalle des sonst eher schlichten Dokumentationszentrums steht die Replik eines klassischen Rietveld-Stuhls.

Warnke ist mit der Zeitschrift fertig, er legt sie beiseite, und weil er am Vormittag hart gearbeitet hat, gönnt er sich noch eine Tasse Kaffee. Roberto putzt ihm die Schuhe, der treue Roberto in seinem ewigen grauen T-Shirt. Warnke könnte sich keinen besseren Schuhputzer wünschen. Am Anfang versuchte er noch manchmal, ein paar Worte mit dem Kind zu wechseln, doch es arbeitet lieber, ohne zu sprechen. Ab und zu singt es leise vor sich hin, sonst wird das Schweigen nicht unterbrochen.

Warnke winkt die Besitzerin des El Corner heran, eine sehr katholische Dame, Maria ist ihr ein und alles. Seit ein paar Monaten ist sie schwarz gekleidet, sie trägt Trauer. Manche Kunden behaupten, sie tue das, um besser auszusehen.

Er betrachtet seine Fingernägel, er muß sie wieder mal feilen, als er aufblickt, sieht er ein Mädchen mit der *Newsweek* winken.

»Warten Sie hierauf?« fragt sie auf spanisch.

Er will eine abwehrende Geste machen, schließlich muß er in die Botschaft zurück, um ein Glas Riesling auf die Gesundheit des Botschafters zu trinken, doch dann sieht er, daß es das Mädchen ist, das gestern neben ihm gesessen und sich die Hände an einer Tasse Tee gewärmt hat.

»Nein«, sagt Warnke, »vielen Dank.« Er steht auf und knöpft sich die Jacke zu. Der Anstecker mit den niederländischen Farben, den er sich am Morgen ans Revers geheftet hat, um auf die indigene Bevölkerung einen guten Eindruck zu machen, steckt immer noch an seinem Jackett. Als er in der Hosentasche nach Kleingeld sucht, findet er sechs weitere Anstecknadeln, die er mitgenommen hatte, um sie an Kinder zu verteilen, doch das hat er in der Hektik vergessen.

So ein Sticker ist immer eine nette Gabe für ein Kind, das sonst nichts hat.

Das Mädchen steht jetzt neben ihm am Tresen und schiebt ihm die *Newsweek* zu. »Nehmen Sie ruhig«, sagt sie, »ich hab sie durch.«

Sie lacht. Nicht nur ihr Mund, auch ihre Augen – ihr ganzes Gesicht ist ein einziges Lachen. Das sieht man nicht oft in Lima, die Leute hier sind ziemlich scheu, wie Warnke findet, doch das stört ihn nicht, er selbst ist auch eher scheu.

»Ich muß weiter«, antwortet Warnke. »Vielen Dank. Sehr freundlich.«

»Sind Sie Professor?«

Er schüttelt langsam den Kopf.

Warnke fühlt sich immer unbehaglich, wenn Unbekannte ihn überraschend ansprechen, doch die Frage amüsiert ihn. Professor, sieht er aus wie ein Professor? Wenn er arbeitet, also Empfänge besucht, ist er darauf vorbereitet: fremde Menschen,

Fragen, Förmlichkeiten. Ein Gespräch von durchschnittlich drei Minuten pro Person. Wenn man auf den anderen vorbereitet ist, ist es meist ganz erträglich. Wenn der andere Teil deiner Arbeit ist, geht es sogar wie geschmiert.

Warnke wartet auf die Frau in Schwarz. Sie ist die einzige Bedienung hier. Wenn sie auf der Toilette ist, geht nichts mehr. Warnke kann damit leben, etwas muß einen daran erinnern, daß man woanders ist, in einer Welt mit anderen Gesetzen.

Weil es lange dauert und die *Newsweek* immer noch zwischen ihnen auf dem Tresen liegt, wird Warnke die Sache peinlich. Zu guter Letzt fragt er aus Höflichkeit: »Sprichst du Englisch?«

»Ich versuche, es zu lernen«, sagt sie. »Mit Zeitschriften lesen und Zeitungen.«

Ihre Hautfarbe ist etwas dunkler als üblich in dieser Gegend. Sie trägt Jeans und einen für peruanische Maßstäbe modischen Pulli. Die internationale Uniform der Jugend.

»Sehr gut«, sagt Warnke, »so lernt man fremde Sprachen.« Dann starrt er wieder auf die Espressomaschine.

»Woher kommen Sie?«

»Aus den Niederlanden.«

»Spricht man da Englisch?«

»Niederländisch«, sagt Warnke. »Obwohl die

meisten auch Englisch sprechen, es ist unsere zweite Sprache.«

Sein Spanisch ist besser als das seiner Frau. Es macht ihm Spaß, Sprachen zu lernen. Als er in Pretoria war, hat er versucht, sich Afrikaans beizubringen. Es war schwerer als gedacht, doch er gab nicht auf. Irgendwann möchte er wieder mal ein Buch auf latein lesen, doch er weiß nicht, welches.

Es ist unglaublich, wie lang die Frau in Schwarz auf der Toilette braucht. Sie ist nicht nur in Trauer, sie leidet auch noch an Verstopfung. Warnke nimmt das gelassen, er mag El Corner. Obwohl er genausogut mit dem Wagen ins San Antonio fahren könnte, wo dem französischen Botschafter zufolge der beste Espresso von Lima serviert wird.

Der französische Botschafter ist ein netter Mann. Humorvoll, begeisterter Jäger – und ausgesprochen gastfreundlich. Zu Weihnachten schickt er den Diplomaten armer Länder immer großzügige Präsentkörbe. Eine schöne Geste. Der Beweis, daß auch in der Welt der Diplomatie das Wort »Solidarität« mehr sein kann als eine bloße Phrase.

»Ich hab dem Militärattaché von Tansania eine Extraportion Gänseleber geschickt«, hörte Warnke den französischen Kollegen einmal sagen. »Der Mann ist dürr wie eine Bohnenstange, da müssen wir was machen.«

Eigentlich sollten die Niederlande diese Tradition übernehmen. Er muß es dem Botschafter einmal vorschlagen. Vielleicht könnten sie den Diplomaten weniger privilegierter Länder ein paar Tulpenzwiebeln schicken, dann könnten die wenigstens ihre Vorgärten herausputzen.

Der Garten des niederländischen Botschafters ist ein Juwel. Der Botschafter ist begeisterter Hobbygärtner.

In Pretoria hatten sie auch einen schönen Vorgarten.

»Sie erinnern mich an meinen Professor«, sagt das Mädchen.

Warnke lächelt. Es erstaunt ihn nicht, daß er wie ein Professor wirkt. Schade, daß seine Frau das nicht bemerkt, die findet, er braucht einen anderen Frisör, doch die eigene Frau kann nicht alles sehen.

»Er lebt nicht mehr.«

»Das tut mir leid«, sagt Warnke. Wenn er sich unbehaglich fühlt, wird sein Akzent immer stärker.

»Wo haben Sie Spanisch gelernt?« fragt das Mädchen. »In den Niederlanden?« Sie trägt Sandalen und blickt ihn neugierig an. Dank seiner Körpergröße und seiner Kleidung ist er es gewohnt, Leuten zu imponieren, was in Peru nicht schwierig ist. Viele Peruaner reichen Warnke gerade bis zur Brust. Daneben imponiert er auch durch seine Stellung.

»Es wurde mir beigebracht«, antwortet er gemessen. »Ich müßte einen Aufbaukurs besuchen, aber momentan fehlt mir die Zeit dafür.«

Das größte Talent des Diplomaten besteht darin zu reden, ohne etwas zu sagen. Manchmal sagt Warnke wirklich etwas, er kann es nicht ändern. Er blättert ein wenig in der *Newsweek,* jetzt, wo sie doch da liegt.

»Sie kommen oft hierher, nicht wahr?«

»Regelmäßig«, antwortet Warnke. Und dann, nach einer kleinen Pause: »Dich hab ich hier noch nie gesehen.«

Er hat kein gutes Gedächtnis für Gesichter, doch er versucht, es zu trainieren. Es ist wichtig für seine Arbeit, von der er weiß, daß sie nicht viel darstellt. Seine Frau will davon nichts hören. Diplomatengattin zu sein ist für sie keine Kleinigkeit. Darum gibt Warnke sich Mühe. Eigentlich ist er immer ein Mensch gewesen, der sich für andere Mühe gibt.

»Ich bin auch oft hier.« Sie lacht. Warnke lächelt wehmütig zurück, auf die Weise, wie er es oft beim Botschafter gesehen hat.

»Da war ich wohl in Gedanken«, sagt er.

Sie nickt, freudestrahlend, als habe er gerade etwas sehr Kluges gesagt.

»Das hab ich gemerkt«, sagt sie. »Darum haben

Sie mich auch an meinen Professor erinnert. Er war mein Lieblingsprofessor.«

Von Zeit zu Zeit findet Warnke es nett, bemerkt zu werden. Nicht immer nur den Blick auf andere richten, sie mit Getränken versorgen, höflich mit ihnen plaudern und sie zum Ausgang begleiten. Nein, einer jungen Frau aufzufallen, für die er kein Diplomat ist, sondern ein Mann, der wie ein Professor aussieht, ein geheimnisvoller Unbekannter, das ist nett, das macht Freude. Als er noch ein Kind war, wollte er immer geheimnisumwittert sein.

Warnke kontrolliert die Knöpfe an seinem Jakkett. Eine gewisse Eitelkeit kann man ihm nicht absprechen. Auf Anraten des Botschafters nimmt er Vitaminpräparate, die jener selbst fanatisch schluckt und in bescheidenem Umfang auch importiert und vertreibt. Letzteres ist ein offenes Geheimnis, denn nach dem Gesetz sind einem Botschafter jedwede Handelsaktivitäten natürlich verboten, doch was tut man nicht alles gegen die Langeweile. Zweimal pro Tag eine große Kapsel. So bleibt man fit. In Peru ist eine kleine, wohlsituierte Mittelschicht entstanden, mit steigender Nachfrage für Vitaminpräparate und homöopathische Produkte, auch gegen Geisteskrankheiten.

»Wohnen Sie hier in der Nähe?« fragt das Mädchen.

Warnke hat die Zeitschrift durchgeblättert. Die Welt ist ein Irrenhaus, doch er muß wissen, wie es darin zugeht. Das gehört zu seinem Beruf.

»Ich arbeite in der Gegend, und ich wohne auch nicht weit. Ich bin vorübergehend in Lima stationiert.«

Wieder dieses wehmütige Lächeln, das er dem Botschafter abgeschaut hat.

Die Frau in Schwarz ist endlich von der Toilette zurück.

Nachdem er sein Wechselgeld entgegengenommen hat, wirft Warnke noch einen Blick auf das Mädchen, und zum ersten Mal tut sie ihm leid. Wie sie da steht. Nicht unflott, aber unbeholfen, der Pulli modisch und rosa, doch nicht die richtige Größe.

»Und was machst du?« fragt er, während er das Geld in einem kleinen Portemonnaie aus schwarzem Leder verstaut, das seine Frau in Innsbruck für ihn gekauft hat. Ein Geschenk auf ihrer zehntägigen Hochzeitsreise.

»Ich studiere.«

Sie streckt ihm die Hand entgegen. »Ich heiße übrigens Malena.« Er zögert, schüttelt ihr dann kurz die Hand und sagt: »Warnke. Angenehm.«

Er muß seine Hand mit sanfter Gewalt zurückziehen, und sie wiederholt radebrechend seinen Namen. »Warnke« klingt bei ihr wie »Wonk«, doch er verbessert sie nicht. »Sag ich's richtig?« fragt sie.

»So ungefähr«, murmelt er. Und weil er seine Reaktion recht barsch findet, fügt er etwas freundlicher hinzu: »Wir sehen uns bestimmt noch.« Das sagt er zu Gästen auch immer, wenn er sie bei einem Botschaftsempfang zum Ausgang begleitet.

»Ich studiere Soziologie«, erklärt sie ungefragt und schaut dabei, als habe sie etwas Ungehöriges gesagt. Warnke reagiert nicht mehr.

Auf der Straße nimmt er die Sonnenbrille aus dem Etui. Es ist neblig, doch Warnke ist empfindlich gegen Sonnenlicht. Robertos kleine Schwester bettelt verspielt. Auf der Oberlippe hat sie seit Monaten eine wunde Stelle. Manchmal macht Warnke sich Sorgen deswegen. Er schätzt sie auf ungefähr fünf Jahre.

Während er das Brillenetui in die Brusttasche steckt, schaut er kurz ins Café und sieht Malena bei der Kasse stehen. Sie winkt ihm zu, und leicht ertappt winkt er zurück.

Zehn Minuten später ist er wieder in der Botschaft. Der Mann vom Sicherheitsdienst grüßt ihn freundlich, er hält sein Maschinengewehr wie einen Besen. Es passiert nie etwas. Der Wachschutz ist reine Formalität.

»Die Sicherung der öffentlichen Ordnung«, sagt

der Botschafter, als er die übliche Flasche Wein geöffnet hat, »in einem Land wie Peru ist etwas anderes als in Rijswijk, Warnke. Das vergessen unsere Beamten. Aber mir wird schlecht beim Gedanken, was dazu hier alles nötig ist.«

Die niederländische Botschaft liegt im vierten Stock eines tristen Gebäudes, das Warnke an einen Bunker erinnert. Die südkoreanische und die griechische Botschaft befinden sich im selben Bau.

Sie schauen aus dem Fenster. Drei Gärtner rechen Blätter zusammen und schneiden die Hecken.

»Ja«, sagt Warnke, »die öffentliche Ordnung.« Kurz denkt er an das Mädchen im rosa Pulli. Wie an einen toten Vogel, über den man auf dem Bürgersteig einen Schritt machen muß, oder einen Hund, den man überfahren hat.

Der Botschafter faßt nach Warnkes Arm, als sei ihm schlecht geworden. »Warnke«, sagt er leise, »Menschenrechte sind ein Irrtum. Ein gefährlicher Irrtum, der uns noch mal schrecklich leid tun wird. Zweitausend Jahre sind wir ohne ausgekommen, und als die Menschenrechte institutionalisiert wurden, hat das Morden erst richtig angefangen. Ich werd das irgendwann mal denen in Den Haag rapportieren, das hier ist mein letzter Posten, ich hab nichts zu verlieren.« Der Botschafter nickt nachdenklich und läßt den Arm seines Untergebenen los. Dann erheben die beiden Männer am Fenster wie jeden Tag ihr Glas auf das Leben.

Einer der Gärtner blickt hoch, und Warnke macht einen Schritt zurück. Immer und überall fühlt er sich ertappt. Ein Gefühl, das ihn nicht losläßt, nur ständig schlimmer wird.

Beim Frühstück am nächsten Morgen fängt seine Frau wieder von dem dritten Kind an, doch Warnke sagt: »Warten wir noch etwas, bis wir wissen, wo wir nach Lima hinkommen. Wir dürfen nichts überstürzen.« Warnke ist die Vorsicht selbst, auch wenn es um Fortpflanzung geht. Er streichelt seiner Frau über die Arme, ihr halblanges Haar und bringt seine ältere Tochter Isabelle (genannt nach Catherinas Großmutter) in den internationalen Kindergarten. Eine tägliche Pflicht, die er gern auf sich nimmt. Der Rest des Tages ist ruhig. Er hält ein Schwätzchen mit einer Botschaftssekretärin, die mit einem Peruaner verheiratet ist, und geht in seinem Büro auf und ab. Um Viertel vor vier begibt er sich ins El Corner, wo das Mädchen im rosa Pulli auf ihn wartet; sie winkt schon mit der *Newsweek*. »Ich hab sie für Sie reserviert«, sagt sie, »es ist die neue.«

Sie sagt es mit einer Begeisterung, die ihn befremdet, doch ist er nicht der Typ, lang bei einem

Gedanken stehenzubleiben. Sie ziehen an ihm vorüber wie der Wetterbericht, die diplomatischen Cocktailpartys und die Informations-Bulletins aus Den Haag. Warnke fragt sich, ob er jetzt jeden Tag bei seiner Tasse Kaffee ein Gespräch mit dem Mädchen führen muß. Seltsamerweise beunruhigt ihn der Gedanke nicht im geringsten.

Er setzt sich neben sie, und sie lesen. Er in der *Newsweek,* sie in einem Buch.

Als er den Kaffee ausgetrunken hat – Roberto ist mittlerweile auch mit seinen Schuhen fertig – und dem Mädchen die Zeitschrift zurückgibt, schließlich soll sie Englisch lernen, fragt sie: »Was arbeiten Sie eigentlich?«

Er betrachtet das Foto auf der Titelseite, es zeigt einen Panzer, und dann sie, sie ist nicht schön, nicht wirklich jedenfalls, dafür lebendig. Sehr lebendig. »Ich tue nichts«, sagt er und lächelt nervös. »Das ist mein Beruf.« Nur wenigen Leuten fällt auf, was für ein nervöser Mensch Warnke eigentlich ist, weil sie nicht genau hinsehen, zunächst den dreiteiligen Anzug in sich aufnehmen und dann erst sein Lächeln, seine Motorik, die Art, wie er um die Rechnung bittet. Er stottert mit dem Körper.

Auf einem Empfang zum Geburtstag der Königin in Pretoria hat er zwei verirrten Rucksacktouristen, die ihn nach seinem Beruf fragten, einmal dieselbe Antwort gegeben. »Ich tue nichts.« Seine Vorgesetzten waren nicht erbaut, doch man sah es ihm nach. »Typisch Warnke«, sagte man.

Produktive Arbeit ist etwas für Maschinen, die Zukunft menschlicher Arbeit liegt im Nichtstun.

Der Botschafter in Lima ist kein Freund von Rucksacktouristen, auf Festen und Partys begegnet man bei ihm denn auch keinen. »Was wollen diese niederländischen Rucksack-Heinis hier?« fragt er immer wieder. »Unser eigenes Land kennen sie nicht, und es interessiert sie auch nicht – aber bei uns heulend vor der Tür stehen, wenn sie abends vorm Hotel ausgeraubt werden. Als ich jung war, Warnke, bin ich durch die Veluwe gewandert und geradelt, und es hat mir nicht geschadet.«

Warnke gibt dem Botschafter recht. »Ja«, sagt er dann, »der Rucksacktourismus ist die Geißel unserer Tage.«

Der Botschafter antwortet: »Nicht nur der Rucksacktourismus, Warnke, aller Tourismus. Ich werd das irgendwann mal denen in Den Haag rapportieren. Das hier ist mein letzter Posten. Ich hab nichts zu verlieren.«

»Gar nichts?« fragt Malena. »Machst du wirklich überhaupt nichts?«

»Eigentlich nein«, sagt Warnke. »Ehrlich gesagt.« Es ist immer schwer zu erklären, vor allem in Ländern wie diesem. Ehrlich sein ist ohnehin schwierig, doch er ist es gern, außerhalb der Arbeitszeit.

Er tut nichts, er hat nie etwas hervorgebracht, *gemacht,* das ist die Wahrheit. Kinder macht man nicht. Vielleicht ist das für Frauen anders, aber für einen Mann – nein. Er hat nie etwas geschaffen, und das bekümmert ihn absolut nicht. Ab und zu erstaunt ihn nur, daß es ihm so wenig ausmacht.

Catherina schläft mit einem Kuscheltier, sie hat es nicht aufgegeben wie andere Leute, sie kann es nicht lassen. Wenn er tagsüber ins Schlafzimmer geht, sieht er das Tier unter der Decke liegen, nur der Kopf schaut hervor. Am Anfang hat er noch ab und zu etwas deswegen gesagt. »Bist du dafür nicht zu alt? Bin ich nicht dein Kuscheltier?« Oder etwas Ähnliches. Doch es nutzte nichts, und jetzt ist ihm das Tier genauso ans Herz gewachsen wie seiner Frau. Alt und abgewetzt, x-mal genäht, so liegt es unter der Decke. Während er einem fremden peruanischen Mädchen erzählt, daß seine Arbeit aus Nichtstun besteht, denkt er an das Kuscheltier.

»Ist das schwer?« fragt das Mädchen.

Er holt eine Rolle Pfefferminz aus der Hosentasche und bietet ihr eins an. Er läßt sie sich aus den Niederlanden schicken, die guten King-Pfefferminz. Mit Diplomatenpost. Sie lehnt ab.

»Was?« fragt Warnke.

»Nichtstun. Ist das schwer?«

Wirklich charmant kann man Warnke nicht nennen. Er ist gewissenhaft, zuverlässig, gutaussehend, vielleicht auch das. Groß und dunkelblond, glatte Haut. Eine Brille mit silberfarbenem Gestell.

»Manchmal«, sagt er, »aber du darfst dir nicht zuviel darunter vorstellen. Es geht von allein.«

Er steckt die Rolle Pfefferminz wieder in die Tasche und fragt, ob er ihren Tee bezahlen darf. Das ist das mindeste, was er tun kann.

Sie zeigt auf seinen Ehering. »Hast du Kinder?« fragt sie. Weißgold. Fand seine Frau am schönsten. Ihm war es egal.

»Zwei«, sagt er. »Mädchen.« Kurz überlegt er, ob er ihr die Namen sagen soll, doch das findet er zu intim.

Dann schlendert er zur Botschaft, beschwingter als an anderen Tagen.

Der Botschafter läuft in seinem Zimmer im Kreis wie ein Tier im Käfig. »Die Leute nennen es Fortschritt, Warnke«, sagt er, »aber lassen Sie sich nicht täuschen, wir erhalten Menschen am Leben, die nie hätten geboren werden dürfen.«

Warnke stimmt ihm zu.

Nach dem Wein schluckt der Botschafter seine Vitamintabletten.

Warnke selbst sagt wenig. Er wird auch nicht gefragt.

Als er am Abend mit seinen beiden Töchtern in der Badewanne sitzt und der älteren aus ihrem Lieblingsbuch vorliest, hört er seine Frau mit der Haushälterin reden. Sie flucht, weil sie vergeblich ein spanisches Wort sucht und die Haushälterin ihr Englisch nicht versteht.

Manchmal ist alles so schön, so furchtbar schön, so unerträglich schön, daß Warnke sich vorstellt, wie er seine beiden Töchter ersäuft, wie zwei junge Kätzchen in einem Jutesack mit Steinen.

Seine Frau öffnet die Badezimmertür. »Hundertmal hab ich ihr gesagt, daß ich gegen Nüsse allergisch bin, aber sie kann es sich nicht merken, sie merkt sich gar nichts. Woher kommt das, ist das Vererbung? Fehlt den Leuten hier ein Gen?«

»Wem?«

»Den Latinos. Fehlt ihnen ein Gen? Und was heißt ›allergisch‹ auf spanisch?«

Die Töchter schauen ihre Mutter verständnislos an. Eine schöne Frau, schlank wie eine Gerte. Gepflegt.

»Und wie lang sitzt du jetzt mit den Kindern schon in der Wanne? Hast du nichts Besseres zu tun?«

Er drückt seine Töchter an sich und liest dann

weiter aus dem Buch, aus dem er schon seit Wochen vorliest; es handelt von einem schlauen Fuchs.

Als die Kinder im Bett liegen, sieht er mit seiner Frau fern.

Die Haushälterin wohnt im Keller. Ihr Mann hat sie verlassen, sie hat Glück, daß die Familie Warnke sich ihrer erbarmt hat.

»Was macht sie nur?« fragt Catherina. »Ich höre nichts.«

Ihr Mann steht auf und geht im Keller nachsehen.

»Sie stickt«, sagt er. Wenn die Haushälterin freihat, stickt sie oder guckt Soaps in ihrem kleinen Fernseher. Diese Leute sind mit wenig zufrieden.

»Ich hab nichts gehört«, sagt Catherina.

Seit sie sechs ist, hört sie Geräusche, die niemand sonst wahrnimmt, darum schläft sie mit einem Kuscheltier. Ihre Eltern waren froh, als sie nach Pretoria zog, und begeistert, als ihr Schwiegersohn schließlich nach Lima versetzt wurde.

Die Begegnungen mit dem Mädchen im rosa Pulli werden ein ebenso fester Bestandteil von Warnkes Tagesroutine wie Robertos Schuheputzen. Die Gespräche mit ihr bereiten ihm Vergnügen. Sie sind eine willkommene Abwechslung zu seiner Arbeit, sie machen seine Tage schöner, intensiver. Sie reden über Alltäglichkeiten, er bezahlt ihren Tee. Nach zehn Tagen bittet Warnke sie, ihn Jean zu nennen, eine Aufforderung, der sie nur zu gern nachkommt. Ab und zu diktiert sie ihm peruanische Rezepte, die er in sein Notizbuch schreibt, für die Haushälterin – oder sich selbst, falls er mal wieder kochen sollte. Als sie noch keine Haushälterin hatten, kochte Warnke jeden Sonntag abend selbst.

Das Mädchen fragt nach seiner Ehe, und er erzählt, wie er seine Frau am Gepäckband in Schiphol kennengelernt hat. Malena ist noch nie geflogen. Gepäckbänder sagen ihr wenig, doch der Gedanke macht Eindruck, und je mehr Eindruck seine Geschichten auf sie machen, desto mehr erzählt er. Nur von seiner Arbeit erzählt er nichts. Diplomat, ein verantwortungsvoller Beruf, trotz allem.

Ab und zu reden sie auch über Politik. Sie glaubt, daß die Situation sich bessern wird; Warnke fragt vorsichtshalber nicht, welche. Er hat den Eindruck, daß alles schon sehr gut ist.

Langsam läßt er seine Reserviertheit fahren, weil es in dieser für ihn leicht unwirklichen Konstellation wenig Anlaß gibt, reserviert zu sein.

Circa drei Wochen nach ihrem ersten Gespräch fragt Malena, ob er Lust hat, zu einer Aufführung von ihr zu kommen.

»Was für eine Aufführung?«

»Ich singe«, sagt sie.
»Solo?«
»Nein, in einem Chor.«
»Kirchenlieder?«
»Nicht ganz.«

Warnke mag Kirchenlieder, wie auch Latein. In Briefen nach Den Haag läßt er immer gern ein paar lateinische Floskeln einfließen, er kennt ungefähr zwanzig, also Auswahl genug. Daß dies auf seine Vorgesetzten einen pedantischen Eindruck macht, stört ihn nicht, vielleicht entgeht es ihm auch einfach. Wirklich beliebt ist er nie gewesen, doch echte Feinde hat er auch nicht. Selbst in seinen pedantischsten Momenten hat Warnke immer etwas Entwaffnendes.

»Also, kommst du?«

Sie schaut ihn erwartungsvoll und traurig zugleich an. Bei traurigen Augen schmilzt Warnke dahin. So hat er auch Catherina kennengelernt: Sie war verzweifelt, weil ihre Koffer nicht kamen und ihre Oma im Sterben lag. Ihre Traurigkeit rührte ihn, schlug eine vertraute Saite in ihm an, weckte eine dunkle, unbestimmte Erinnerung in ihm, und da wußte er noch nicht einmal, daß Catherina Geräusche hörte, die sonst niemand wahrnahm.

Malenas Traurigkeit ist anders: härter, distanzierter. Ja unnahbar.

»Wann ist die Aufführung? Und was singt ihr denn nun?«

»Einfach ein paar Lieder. Hör's dir doch an.«

Eigentlich sind die Einladung und der Ton, den sie anschlägt, ihm ein bißchen zu keck. Wenn er ehrlich ist, hatte er sich mehr als Gentleman gesehen, der höflich distanziert bei einem Täßchen Tee Ratschläge gibt, die für immer in Malenas süßem Köpfchen hängenbleiben sollten. In seinen schwächsten Momenten sieht Warnke sich als weisen Onkel. Man muß die Menschen nach ihren schwächsten Momenten beurteilen, hat der Botschafter einmal gesagt. Er wäre also lieber auf vertrautem Terrain geblieben, wo er die Notausgänge kennt und ohne allzu große Komplikationen erzieherisch und galant sein kann. Dennoch schreibt er Ort und Datum der Aufführung in sein Notizbuch, neben einige typisch peruanische Rezepte.

»Ich werd's versuchen«, sagt er.

Vielleicht bin ich ihr einziger Freund, denkt Warnke. Vielleicht hat sie sonst niemanden, mit dem sie ihre persönlichen Dinge besprechen kann, wer weiß, aus was für einem Milieu sie kommt. Nicht in jedem Haushalt weiß man Ehrgeiz zu schätzen. Es sind diese Gedanken, die ihn davon überzeugen, Malenas Konzert auf jeden Fall zu besuchen. Es ist keine Frage des Wollens, sondern des Müssens.

Bevor er nach Lima versetzt wurde, hatte er sich vorgenommen, Kontakt zur lokalen Bevölkerung zu suchen, mehr als in Pretoria jedenfalls.

In Pretoria hat er viel fotografiert; Pflanzen und Tiere, aber auch Aidskranke, die im Sterben lagen, nebst ein paar Impressionen von Safariparks. Catherina drängt ihn immer wieder, auch in Lima zu fotografieren, damit sie ein Buch daraus machen können. Sie will die Gestaltung übernehmen. »Die Fotos aus Südafrika sind herrlich, du tust dir unrecht«, hat sie oft gesagt. »Vor allem die Fotos von den Aidskranken sind großartig. Gib sie mir, dann zeig ich sie ein paar Verlegern.«

Catherina kennt viele Leute aus der Kulturszene. Sie ist sehr kontaktfreudig.

Etwas machen, ein Buch zum Beispiel, ist für ihn nicht nötig, doch er tut seiner Frau gern einen Gefallen. Sie will vorankommen, also gibt er sich Mühe, ab und zu die Initiative zu ergreifen, und sei es nur pro forma. Auf jeden Fall wird er schon mal zu Malenas Konzert gehen. Dann kann er sich immer noch überlegen, ob er mit dem Fotografieren wieder anfängt oder nicht.

Am Tag vor dem Konzert ist er besonders nervös. Und erkältet.

Ein Arbeitslunch dauert länger als geplant. Der

Entwicklungshilfeminister kommt in ein paar Wochen nach Peru, ein Besuchsprogramm muß erstellt werden.

»Wir müssen ihm auf jeden Fall das Dokumentationszentrum zeigen«, sagt der Botschafter; er ist ganz aus dem Häuschen, Besuche von Ministern und Mitgliedern des Königshauses sind für ihn das Größte. Staatssekretäre sind schon soso lala, aber Delegationen von Städten und Gemeinden findet er eigentlich unter seiner Würde. Die bekommen höchstens einen kleinen Empfang mit Orangensaft und Häppchen. »Das Zentrum ist das Flaggschiff der niederländischen Entwicklungszusammenarbeit in Peru. Da ist der Minister mindestens einen halben Tag beschäftigt. Erst hält jemand einen schönen Vortrag über bedrohte Sprachen und wie wir sie am Leben erhalten. Sag ich das richtig, Warnke?«

»Ja«, sagt sein zweiter Mann, »absolut, mit Hilfe des Kultusministeriums und der Universität Groningen wurden die vom Aussterben bedrohten Indianersprachen archiviert, und jetzt wird für fünf von ihnen eine Lehrmethode entwickelt. Wenn das gelingt, werden wir versuchen, ob wir so etwas auch für die anderen siebzehn bedrohten Indianersprachen tun können.«

»Genau«, sagt der Botschafter, »das Flaggschiff der niederländischen Entwicklungszusammenarbeit. Das ist unser Thema. Na, und danach kriegt der Minister eine wohldurchdachte Führung, und dann können die Indianer auch mal was tun. Ich hatte an so einen Tanz gedacht, dann gibt's schon mal kein Sprachproblem. Aber nicht länger als eine Viertelstunde, sonst wird's langweilig, und dann fliegen wir zurück nach Lima. Ein schönes Grillfest in meinem Garten, überlassen Sie das ruhig mir, wenn Sie sich um das Programm im Dokumentationszentrum kümmern.«

Warnke hustet. »Mag der Minister denn überhaupt gegrilltes Fleisch?« fragt er vorsichtig.

Am Gesicht des Botschafters sieht er, daß er diese Frage besser nicht gestellt hätte.

»Ich hab sechs Entwicklungshilfeminister erlebt«, sagt der Botschafter, »und die mochten alle Grillfleisch. Wenn der hier keins mag, weil er zufällig Veganer ist, na, dann schmeißen wir ihm eben ein paar Blumenkohl auf den Rost. Dem Gast nur das Beste. War der Typ vom Wirtschaftsministerium, den wir vor ein paar Jahren hier hatten, nicht Veganer? Wie hieß der doch gleich?«

Er schaut zu seiner Sekretärin, doch die weiß, daß sie besser noch einen Moment schweigt.

»Oder war das ein Staatssekretär, war der nicht in der einen Delegation? Die wir vor ein paar Monaten hier hatten, na, wie hieß der doch gleich?«

»Der war Ministerialbeamter«, sagt die Sekretärin.

»Genau«, sagt der Botschafter, »ja, bei denen gibt's viele Veganer.«

Er blickt in die Runde. »Ich denke, dann hätten wir alles geklärt.«

Warnke hustet ein paarmal. Er hat einen trockenen Hals.

»Das ist aber ein übler Husten, den Sie da haben«, sagt der Botschafter. »Sie nehmen doch noch meine Vitaminpräparate?«

»Natürlich«, sagt Warnke.

»Kommen Sie nachher kurz mal in mein Büro, dann geb ich Ihnen noch was anderes.«

Eine Stunde darauf geht Warnke zum Botschafter und kauft ein neues Vitaminpräparat, speziell gegen Erkältung und Bronchitis. Er zahlt in bar.

Nicht nur sein eigenes Botschaftspersonal, auch das der befreundeten Länder und selbst einige Wachleute vor der Tür sind treue Kunden des Botschafters. Er ist nun mal ein Mann mit Autorität, den man nicht gern enttäuscht. Selbst wenn man nicht vorhat, die Präparate je zu schlucken, ab und zu kauft man doch welche, dem Botschafter zuliebe.

Als Warnke mit drei Schachteln Vitamintabletten wieder in seinem Büro ist, überlegt er, ob er mit dem Dienstwagen zur Aufführung fahren soll oder mit einem normalen Taxi. Obwohl er nichts zu verbergen hat, kommt er zu dem Schluß, daß ein normales Taxi besser ist. Ein Mißverständnis ist leicht geboren, und dann muß man es mühsam wieder aus der Welt schaffen.

Der diplomatische Dienst ist eine kleine Welt.

Er hat seiner Frau gesagt, daß er am Abend nicht zum Essen kommt. Er muß den Besuch des Ministers vorbereiten. Das ist eigentlich gegen seine Prinzipien, die Wahrheit geht ihm über alles, vor allem im Privatleben, doch Catherina ist in letzter Zeit sehr empfindlich.

Schneller als sonst trinkt er an dem Tag sein Glas Wein mit dem Botschafter, der einen Vortrag übers Memoirenschreiben hält, bis der auf einmal fragt: »Wissen Sie eigentlich, ob der Minister überhaupt Grillfleisch mag?«

»Hatten Sie nicht gesagt, daß der Minister welches mag, das sei kein Problem?«

»Fragen wir sicherheitshalber doch noch mal nach. Schicken Sie ein Fax nach Den Haag, aber schmücken Sie's ein bißchen aus, daß die nicht denken, wir hätten nichts Besseres zu tun. Fragen Sie, ob der Minister eventuell auf Diät ist und wenn ja, was für eine. So was. Na ja, Sie kriegen das schon hin.«

Der Botschafter öffnet den Schrank, in dem er einen Teil seiner Pillenvorräte aufbewahrt; die großen Kisten stehen im Keller. »Warnke«, sagt der Botschafter, »ein guter Sozialdemokrat ißt Fleisch, vergessen Sie das niemals.«

Warnke merkt, daß der Botschafter gerührt ist, doch ist ihm nicht recht klar, weshalb.

Der Botschafter schluckt eine Pille. »Eisen«, sagt er, »auch sehr wichtig.«

»Ich habe noch eine Verabredung«, sagt Warnke, »ich geh dann mal.«

Der Botschafter scheint ihn nicht zu hören. »Die Christdemokraten – auch große Fleischliebhaber«, murmelt er und schließt seinen Vitaminschrank. »Und die Liberalen. Van der Klaauw, können Sie sich an den noch erinnern? Der mochte zum Frühstück am liebsten Beefsteak mit Spiegelei.«

Vor der Botschaft steht das Taxi, das Warnke vor einer Stunde bestellt hat. Ein unauffälliges, normales Taxi. Er zückt sein Notizbuch und nennt die Adresse.

In seinem Büro hat er im Stadtplan den Ort nachgeschlagen, wo er hinmuß. »San Miguel« heißt das Viertel, er ist noch nie dort gewesen. Als das Taxi anfährt, kommen ihm Zweifel, ob er für das Konzert richtig gekleidet ist. Sicherheitshalber nimmt er die Krawatte ab, faltet sie ordentlich zusammen und steckt sie sich vorsichtig in die Brusttasche.

Das Konzert findet in einer Turnhalle statt. Sie faßt circa hundert Besucher, und bisher ist Warnke der einzige Weiße. Ganz sicher ist er sich nicht, doch will er nicht allzu viel und vor allem nicht allzu auffällig um sich schauen.

Der Taxifahrer hatte gefragt, ob er warten solle, er tue es gern. Da Warnke nicht wußte, wie lange es dauern würde, sagte er, das sei nicht nötig.

Er ist früh dran und landet in der zweiten Reihe. In der Hand hält er einen Zettel mit der Liederfolge. Das Programm sagt ihm nichts. Das Mädchen, das das Faltblatt verteilte, bat um eine Spende. Er wußte nicht, wofür, aber er gab großzügig.

Eigentlich hatte er sich etwas anderes vorgestellt. Ein altes Theater mit Foyer und einer Bar, wo es Kaffee gibt, für den Liebhaber vielleicht auch Cognac. In Ecuador hat er einmal solch ein Theater besucht. Es hat ihm gut gefallen.

Kurz vor Beginn tippt ein Mann, der schräg hinter ihm sitzt, Warnke auf die Schulter. »Sind Sie der Freund von Malena?« fragt der andere in korrektem Englisch. Es ist mehr ein Junge als ein Mann, doch sein Kinnbärtchen macht ihn älter.

»Ich bin ein Bekannter«, sagt Warnke, obwohl er

sich heimlich, er will es sich selbst kaum eingestehen, als ihren Lehrmeister sieht.

»Sie hat von Ihnen erzählt«, sagt der junge Mann. Er hat freundliche, interessierte Augen. »Zum ersten Mal in so einer Umgebung?«

Einen Moment lang zögert Warnke, dann beschließt er, die Wahrheit zu sagen. »Ja, zum ersten Mal.«

»Bleiben Sie nach dem Konzert in meiner Nähe«, sagt der Junge, »dann bring ich Sie zu Malena.« Er drückt ihm kurz die Schulter.

Seltsamerweise findet Warnke die Berührung angenehm, den vertraulichen Ton. Er gibt ihm das Gefühl, dazuzugehören. Er ist nicht als Diplomat hier, nicht als zweiter Mann, sondern in anderer Eigenschaft, auch wenn er nicht recht sagen kann, in welcher.

Dann gehen die Lichter aus, nur vorn auf dem provisorischen Podium leuchten ein paar Spots. Der Chor kommt auf die Bühne, Männer und Frauen, und Warnke muß zweimal hinsehen, bis er Malena erkennt. Sie steht in der zweiten Reihe links. Er sitzt rechts. Sie trägt einen grauen Rock und Kniestrümpfe. Das Ganze wirkt wie in einem Internat.

Ihr ohnehin nicht langes Haar hat sie zu einem Zopf gebunden und knallroten Lippenstift aufgetragen. Bei den ersten paar Liedern konzentriert er sich auf Malena, doch sie schaut kein einziges Mal in seine Richtung. Sie hat ihren Freunden bestimmt von ihm erzählt. Er fragt sich, was sie über ihn gesagt haben könnte, dann denkt er an seine zwei Töchter. Schade, daß er heute abend nicht mit ihnen in der Badewanne sitzen und der älteren aus ihrem Lieblingsbuch vorlesen kann. Kinder brauchen einen festen Rhythmus, Gewohnheiten, Handlungen, über die man nicht nachdenken muß, weil man sie jeden Tag verrichtet.

Warnke konzentriert sich auf den Text der Lieder, die Melodien gefallen ihm nicht, jedoch, sosehr er sich auch anstrengt, er kann nichts verstehen.

Der Abend will kein Ende nehmen. Ein paarmal muß er niesen, er tut es so leise wie möglich, die Vitaminpräparate des Botschafters schlagen nur langsam an. Er sieht nicht mehr zu Malena, er beobachtet die anderen Chormitglieder. Mit einer gewissen Befriedigung stellt er fest, daß Malena die Schönste ist.

Nach einer Stunde merkt Warnke, wie ihm die Augen zufallen, und einen Moment lang träumt er, daß er mit dem Botschafter über den Arbeitsbesuch des Entwicklungshilfeministers konferiert. Er wird vom Applaus geweckt.

Da er sich wegen seines Nickerchens schämt,

klatscht er lang und laut. Als die Leute aufstehen und langsam Richtung Ausgang gehen, spürt er plötzlich eine Hand auf seinem Oberarm. Es ist der Junge mit dem Kinnbart.

»Komm«, sagt der Junge. Seine Stimme klingt vertraut und bestimmt.

Warnke japst vor Hitze. Erst jetzt fällt ihm auf, wie viele Leute in der Halle waren. Viel mehr als hundert. Frauen fallen sich um den Hals, Mädchen unterhalten sich so aufgeregt, daß Warnke zuerst denkt, sie streiten. Manche haben Blumen dabei. Er sieht eine Gruppe Jungen mit Bierflaschen, sie lachen laut, Warnke hat den Eindruck, sie lachen über ihn. Er mag leise Töne, auch im Notfall würde er niemals mit erregter Stimme reden.

Er folgt dem jungen Mann, ohne eine Ahnung zu haben, wohin. Er tritt jemandem auf den Fuß, er überragt alle. Sicherheitshalber hält er sein Portemonnaie fest. Für diese Leute sind hundert Dollar ein Vermögen. Seine Stirn ist feucht, doch er will weiter der unerschütterliche Gentleman bleiben. Darum beginnt er ein Lied zu summen, das er in der Grundschule gelernt hat. »Seht, wie da naht der Spaniol drohend von fern.« Es ist eine Melodie, die er öfter vor sich hin summt, sie hat einen markigen Rhythmus.

Sie gehen einen Gang entlang, durch ein Zimmer, in dem ein paar Stühle stehen. Das Gebäude erinnert Warnke entfernt an eine Schule. Sie gehen eine Treppe hinunter.

»Treffen wir sie in der Garderobe?« fragt Warnke.

Der junge Mann mit dem Bart antwortet nicht, er geht immer schneller vor ihm her.

Mißtrauen kann kein Grundsatz sein, Mißtrauen macht das Leben unerträglich. Es ist unmoralisch. Wahrscheinlich ist Warnke in Malenas Phantasie zu einer bedeutenden Persönlichkeit angewachsen, ihrem besten Freund vielleicht, wer weiß – vielleicht sogar zum Ritter auf dem weißen Pferd, solche Dinge kommen vor. Auch in der einheimischen Bevölkerung wird man ab und zu von so was träumen. Doch momentan fühlt Warnke sich mehr Pferd als Ritter. Er nimmt sein Taschentuch und reibt sich damit über die Stirn. Ein schlechtes Zeichen, daß ihm so warm ist, hoffentlich bekommt er keine Grippe.

Warnke faltet das Taschentuch sorgfältig zusammen. Sein Führer zeigt ungeduldig, in welche Richtung sie gehen müssen.

Der Gang führt schräg nach unten. Warnke trägt Schuhe mit Ledersohle, sie sind ganz neu. Er rutscht aus, verstaucht sich den Fuß, flucht leise auf niederländisch. Dann ruft er auf spanisch: »Halt, warte, nicht so schnell.«

Es gibt ein häßliches Echo. Warnke kann seine Stimme nicht leiden. Etwas stimmt nicht mit ihr, genau wie mit seiner Größe. Manchmal vergißt er es, doch hier wird er dauernd darauf gestoßen, hier hört man die eigene Stimme noch lang, nachdem man den Mund wieder zugemacht hat.

Der junge Mann mit dem Bart bleibt stehen.

Warnke geht zu ihm, vorsichtig, um nicht noch mal auszurutschen. Er gibt sich Mühe, nicht allzu auffällig zu hinken. Malena, was tust du mir an? denkt er. Wohin hast du mich gelockt?

Sie gehen noch ein paar Meter, dann öffnet der junge Mann eine Tür. Warnke steht jetzt in einem kleinen Klassenzimmer oder einem großen Warteraum. Auf Holzstühlen sitzen ungefähr zehn Leute um einen Holztisch, wie ihn viele in diesem Land in der Küche haben. In anderen Ländern nennt man so etwas Gartenmöbel.

Warnke braucht ein paar Sekunden, um Malena zu erkennen. Auf dem Tisch steht eine Flasche Fusel, ansonsten viel Bier. Er findet sich unhöflich, er hätte Blumen mitbringen sollen. Warum hat er nicht daran gedacht? Auf einer Premiere hat man Blumen dabei, auch wenn es Amateure sind, gerade dann. Blumen sind immer gut. Rosen, Tulpen oder was Exotischeres, egal.

Malena winkt Warnke, er nickt ihr freundlich

zu. Noch ganz erträglich, wie's hier aussieht. Er hatte es sich schlimmer vorgestellt.

Malena steht auf und umarmt ihn. Darauf war er nicht gefaßt, doch er läßt es geschehen, er findet es sogar angenehm. Hier gelten nun mal andere Gesetze, das muß er akzeptieren. Man kann nicht ewig distanziert bleiben. Er hat immer gehofft, daß er irgendwann einmal weniger steif wirken würde.

»Ja«, sagt er, denn ihm fällt nichts anderes ein, er öffnet die Knöpfe seines Jacketts.

Er senkt den Kopf, beugt sich ein wenig nach vorn, doch es nutzt nichts. Er ist groß, er überragt alle. Er gehört nicht hierher. Und das ist ihm anzusehen, man kann es riechen.

»Das ist Jean«, sagt Malena, »Jean Wonke.« Ihre Aussprache macht Fortschritte.

Warnke fühlt sich verschwitzt, seine Hände, seine Füße, die Stirn. Er will sich setzen, doch erst muß er Malenas Freunden noch die Hand geben.

»Du hast schön gesungen«, sagt er in seinem besten Spanisch. »Ich war gerührt.« Er weiß nicht, warum ihm der Ausdruck herausrutscht. Vielleicht, weil er ihn gerade gelernt hat. Das wird es sein. Schade eigentlich, daß er seinen Fotoapparat nicht dabeihat. Das hier ist das nackte, rauhe Leben, in Reinform. Hier braucht man nichts zu arrangieren, man kann einfach die Linse draufhalten. Er schaut in die Gesichter der Anwesenden. Man kann sehen, daß sie gelebt haben. Wie die sterbenden Männer im Krankenhaus von Pretoria, und das waren schöne Fotos geworden. Warnkes Gesicht sieht aus, als wäre das Leben an ihm vorübergerauscht, und das, obwohl er für niederländische Verhältnisse eine Menge durchgemacht hat. Eine senile Mutter, ein Vater, der im Bahnhof Den Haag Hollands Spoor vor den Zug gesprungen ist, sein zerstörter Traum von der Mathematikerkarriere, und doch hat das alles keine Spuren in seinem Gesicht hinterlassen. Er hat etwas von einem Baby. Er hat einmal versucht, sich einen Bart stehen zu lassen, doch es nutzte nichts, außerdem fand Catherina den Bart scheußlich. Sie wollte ihn nicht mehr küssen.

Endlich bietet jemand ihm einen Stuhl an. Er setzt sich, wieder reibt er sich mit dem Taschentuch übers Gesicht. Jemand anders drückt ihm ein Glas in die Hand und schenkt ein, Pisco, starkes Zeug, Warnke kippt es in einem Zug hinunter. Obwohl er es eigentlich nicht mag. Es ist gut gegen Grippe, besser als Vitaminpräparate.

Ein Nasenloch ist verstopft.

»Wie heißt du?« fragt ein Junge, der ihm gegenübersitzt. »Ich hab deinen Namen nicht richtig verstanden.«

»Jean Warnke«, antwortet er.

Die anderen trinken Bier, er ist der einzige, der Pisco trinkt.

Malena hat sich neben ihn gesetzt. »Toll, daß du gekommen bist«, sagt sie. »Hast du dich nicht gelangweilt?« Sie legt eine Hand auf sein Knie.

»Ganz und gar nicht«, antwortet Warnke. »Im Gegenteil. Es war beeindruckend.« Das ist ein besseres Wort als »rührend«, er ist zufrieden. Seinen spanischen Wortschatz erweitern ist sein Ziel, zwanzig neue Vokabeln pro Monat müssen zu schaffen sein, darum blättert er, wenn es an der Arbeit ruhig ist, in seinem Wörterbuch Spanisch-Niederländisch.

Die Hand auf seinem Knie prickelt durch seinen Körper. Es ist gut, Menschen eine Chance zu geben. Eigentlich ist das die wahre Aufgabe des Diplomaten. Er muß ihr weiterhelfen, darum ist er hier, um ihr eine Zukunft zu ermöglichen, die für seine Kinder selbstverständlich, für Leute wie Malena aber ohne äußere Hilfe unerreichbar ist.

Ihm wird nachgeschenkt. Er trinkt schnell.

Malena schaut ihn bewundernd an. Wahrscheinlich ist er für sie der Vater, den sie nie gehabt hat, so geht das eben. Er sieht die Unterschiede zwischen ihnen beiden, doch es wird sich alles schon wieder einrenken, schließlich will er nichts von ihr, nichts, was man verurteilen könnte jedenfalls. Freundschaft blüht an den seltsamsten Orten, ohne Ansehen von Alter, Herkunft oder Einkommen.

Im diplomatischen Dienst hat er keine Freunde gewonnen, nicht mal Bekannte, doch dem Botschafter zufolge darf man das im diplomatischen Dienst auch nicht erwarten. Leute laufen einem zu, das schon, Leute, die etwas von einem wollen, einen hereinlegen, aber keine Freunde. Behauptet der Botschafter.

»Ja«, sagt Warnke wieder, »es war herrlich.« Er ist ein klein wenig angeschickert, so was ist er nicht gewöhnt, Pisco, die Hand, die auf seinem Knie liegt.

Von ihrem Vater hat Malena ihm wenig erzählt, nichts eigentlich, er weiß nur, daß sie mit ihrer Mutter, ihren Schwestern und einer Tante zusammenwohnt, die Brüder sind aus dem Haus, aus der Stadt, manche sogar aus dem Land. Er öffnet einen Knopf seines Hemdes, doch es nutzt nichts. Der Schweiß läuft weiter in Strömen.

Sein Glas wird nachgefüllt. Er trinkt nicht nur schnell, auch seine Gedanken rasen. Mein Gott, wie herrlich Malena ist! Solche Gedanken. In einem fort.

»Wie lange wohnst du schon in Lima?« fragt der junge Mann mit dem Bart, jetzt auf einmal wieder auf englisch.

Warnke räuspert sich. »Ungefähr zwei Jahre. Schönes Land. Euer Land. Wunderbare Kultur auch.«

Sie schauen ihn an, wirken verblüfft. Vielleicht verstehen sie kein Englisch, darum wiederholt er den Satz auf spanisch.

In den Taschen sucht er nach seinem Wick-Inhalierstift, den er immer bei sich hat, um verstopfte Nasenlöcher freizubekommen, doch er kann ihn nicht finden. Er weiß auch nicht mehr, ob er sich schon vorgestellt hat. Sicherheitshalber sagt er: »Jean Warnke, angenehm.«

»Was machst du hier?« fragt ein Junge.

»Hier?« Die Frage verwirrt ihn. Er beschließt, daß der Junge seine Anwesenheit in Peru meint, nicht die in diesem Zimmer.

»Ich bin vorübergehend hier. Diplomat.« Es klingt wie eine Entschuldigung. Solche Informationen behält er sonst lieber für sich, doch jetzt ist es passiert. Herausgefluppt wie ein harter Kötel bei Verstopfung.

»Was für ein Diplomat?« fragt Malena.

»Ich arbeite für die niederländische Botschaft«, sagt Warnke, »aber ich bin als Privatmann hier. Mach dir keine Sorgen.«

Er versucht zu lachen, das einzige Resultat ist, daß er sich an seinem Pisco verschluckt, er hustet, jemand schlägt ihm wohltuend auf den Rücken. »Und ihr seid alle vom Chor, nehm ich an?«

»Ja«, sagt der Junge mit dem Bart, »wir sind der Gesangsverein.«

Malenas Hand wandert höher. Er lächelt sie an. Ihre Hand liegt auf seinem Oberschenkel. Er sieht Verlangen in ihren Augen, nichts zu machen, er sieht es. Für sie ist Warnke natürlich etwas Besonderes, mehr als der soundsovielte Diplomat mit verstopftem Nasenloch. Herrjeh, wie schön ist es, Verlangen in den Augen einer jungen Frau zu sehen, eigentlich noch ein Kind, es ist das Schönste, was es gibt. Wenn man das sieht, weiß man, warum die Welt sich dreht. Nur schade, daß er seinen Inhalierstift nirgends finden kann, wenn seine Nasenlöcher frei wären, könnte er die Situation noch viel mehr genießen.

Er muß jetzt Ruhe bewahren, das ist wichtig. Alles halb so wild, er ist als Privatmann hier, das darf er nicht vergessen.

Warnke nimmt noch einen Schluck, er fühlt sich schon viel kleiner als vorhin und weniger fremd. Er fühlt sich aufgenommen und akzeptiert, einer von ihnen, wenigstens für heute abend. Und ansonsten ist er immer noch ein Mann von Welt, mit einer Villa, ein Mann mit Zukunft.

Vielleicht ist es mehr der Status, der sie anzieht,

als Jean Baptist Warnke, das Individuum, aber das macht ihm nichts aus. Er fühlt sich trotzdem geehrt.

»Weißt du, was hier passiert?« fragt der Junge mit dem Bart.

»Passiert, wo?« fragt Warnke. Es kostet ihn Mühe, in das Gespräch zurückzufinden, so sehr war er in Gedanken versunken.

Die herrliche Hand des Mädchens liegt in seinem Schritt. Dort gehört sie nicht hin, das weiß er, doch er will sie nicht wegschieben. Das hier ist eine andere Kultur, da muß man Brücken bauen, gerade als Diplomat. Eine Hand im Schritt bedeutet in diesem Milieu etwas anderes als in Den Haag oder Voorschoten. Warnke will niemanden vor den Kopf stoßen, darum läßt er die Hand liegen. Und er findet es herrlich, wie weich, wie warm, wie klein diese Hand ist. Schöner als die Hand ist der Blick in ihren Augen – das Schönste auf der Welt ist: begehrt werden. Verrückt, daß er dafür ein peruanisches Mädchen kennenlernen mußte, um das zu begreifen. Alles dreht sich darum, begehrt zu werden, und aller Schmerz beginnt, wo das Begehrtwerden endet. Wo man dich nicht mehr begehrenswert findet, sondern überflüssig. Der Blick in den Augen der Frau, die neben dir liegt, der Blick, der dir sagt, daß du ihr eigentlich auf die Nerven gehst.

Aber du sagst dir, daß sie nur schlecht geträumt hat.

Sein zweites Nasenloch ist jetzt auch fast zu. Er atmet tief ein.

Natürlich, zuletzt ist alles nur Wahn, doch hier kann er etwas tun. Er kann Malena retten, ein großes Wort, Warnke gibt es zu, doch das ist es. Man darf nicht übertreiben, das ist schlecht für alle Beteiligten, doch für dieses Mädchen kann er die Rettung bedeuten. Was sie für ihn sein kann, fragt er sich nicht, so sehr beschäftigt ihn seine mögliche Bedeutung für sie.

»Hier, in Peru«, sagt der junge Mann.

Er hat das Gespräch nicht verfolgt. »Was?« fragt Warnke.

Malena küßt ihn in den Nacken. Ihre Hand liegt locker in seinem Schritt. Immer noch. Für immer. Immer wieder.

»Hier in Peru. Weißt du, was hier passiert?«

Jetzt muß er aufpassen. Entweder man hat Erfahrung mit heiklen Situationen oder man hat sie nicht. Er hat sie. Vor allem seit seiner Zeit in Südafrika, die er Bekannten gegenüber gern als seine »heiklen Jahre« zusammenfaßt.

»Wir Diplomaten«, sagt Warnke, »mischen uns nicht in die inneren Angelegenheiten der Gastländer ein.«

»Habt ihr denn keine Meinung?«

»Wir kommunizieren den Regierungsstandpunkt des Landes, das wir vertreten. Ich selbst habe keine Meinung, darum bin ich ein guter Diplomat.« Das meint er ernst. Ein Diplomat darf keine Meinung haben – das trifft sich gut, denn Meinungsdrang plagt ihn von jeher wenig. In der Schule hat er noch ein paar Ideen gehabt, doch im Lauf der Zeit haben sie sich verflüchtigt. Er hat noch nie eine Meinung gehabt, die es gelohnt hätte, sie länger als fünf Minuten zu verteidigen.

Malena küßt seine Wange. Seine glatte Wange. Noch lang nach dem Rasieren bleiben seine Wangen glatt. Eigentlich wäre es nur alle zwei Tage nötig, doch momentan rasiert er sich täglich, in der Hoffnung, daß die Haare in seinem Gesicht dadurch schneller wachsen.

Der Junge mit dem Bart sagt etwas Unverständliches, doch das ist egal. Jetzt sind andere Dinge wichtig. Es ist gut, den Bunker der Botschaft zu verlassen, das sollte er öfter tun.

»Und was ist der Standpunkt deiner Regierung?«

Warnke zieht ein Taschentuch aus seiner Hosentasche, reibt sich das Gesicht trocken. Er weiß nicht, wo er anfangen soll, seine Detailkenntnis ist groß, je weniger man zu tun hat, desto mehr Zeit hat man, Erklärungen zu lesen, doch die Sache ist kompliziert.

Es wird gelacht.

»Wir veräppeln dich nur«, sagt der Junge mit dem Bart. »Du bist unser Freund. Oder nicht?«

»Ja, natürlich«, sagt Warnke. »Ein Freund.«

»Ein Freund von unserem Chor?«

»Ganz bestimmt«, sagt Warnke, »ich unterstütze solche Initiativen. In der Botschaft haben wir dafür sogar einen eigenen Fördertopf. Den Haag hat den Botschaften in den letzten Jahren immer mehr Freiheit gegeben, selbst kleine Initiativen zu unterstützen. Es braucht nicht mehr alles über Den Haag zu laufen. Entscheidungen können immer öfter auch vor Ort getroffen werden, größere Beträge müssen wir natürlich immer noch in Den Haag beantragen.«

Sie schauen ihn ausdruckslos an, wie eine eigenartige Apparatur. Natürlich haben sie noch nie von Den Haag gehört. Er weiß nicht, was in ihn gefahren ist, von Fördertöpfen und Den Haag anzufangen. Das hätte er nicht tun sollen, er hat Dinge versprochen, die er nicht versprechen darf. Er hat sich nicht mehr unter Kontrolle, das merkt er. Er muß sich anders ausdrücken, als Privatmann, doch das kann er nicht, so denkt er, so ist er eben. Vielleicht *könnte* er sich anders ausdrücken, aber er wagt es nicht, er hat es schon zu lang nicht mehr getan.

Malena hat sich auf seinen Schoß gesetzt. Keiner der Anwesenden scheint sich darüber zu wundern.

»Den Haag?« fragt ein Junge.

»Ja, Den Haag«, sagt er. Er legt die Arme um Malena und verschränkt die Hände ineinander, er versucht so neutral wie möglich zu lächeln. »Da tagt unser Parlament.« Alles läuft gut, alles läuft ausgezeichnet, solange er nur nicht vergißt, daß er als Privatmann hier ist, und darum haben die Fördertöpfe der Botschaft in diesem Gespräch nichts zu suchen.

Warnke beschließt, nicht mehr über seine Größe nachzudenken, seine Herkunft, Den Haag, seine Stimme. Heute abend ist er kein Diplomat, das macht diesen Abend anders als andere Abende, und darum sitzt Malena auch auf seinem Schoß. Er ist einfach groß und noch ein junger Mann. Er sieht gut aus für sein Alter. Obwohl er wenig bis keinen Sport treibt, haben die Speckröllchen ihn bislang verschont. Seine Frau findet das schön, doch sie möchte, daß er öfter aktiv wird. Sie sagt: »Wenn wir in zweieinhalb Jahren nach Europa zurückwollen, mußt du jetzt schon anfangen, die richtigen Leute zu bearbeiten. Wer zuerst kommt, mahlt zuerst. Diese Posten sind schnell vergeben.« Warnke antwortet dann immer: »Ich werd mal auf den Busch klopfen.«

»Kommst du wieder, wenn unser Chor das nächste Mal auftritt?« fragt der Junge mit dem Bart.

»Natürlich«, sagt Warnke, »wenn ich die Gelegenheit habe. Es war sehr schön.«

Dann stehen alle auf und lassen ihn und Malena allein.

»Was machen sie jetzt?« fragt Warnke.

»Sie haben Versammlung«, sagt Malena.

»Oh«, sagt Warnke. »Ja, das ist natürlich wichtig.«

Er selbst hat auch oft Besprechungen, gut, daß er dran denkt, er darf nicht vergessen, in Den Haag nachzufragen, ob der Minister gegrilltes Fleisch mag. Er streichelt ihr die Haare. »Verrücktes Ding«, sagt er, »du verrücktes Ding, das hier dürfen wir eigentlich nicht machen.«

»Was?«

»Wie du jetzt hier sitzt, wie wir hier sitzen.«

»Warum nicht?« fragt sie.

Warnke seufzt. Tief und lang, wie beim Hausarzt. »Das weißt du doch.« Er legt seine Hand auf den Tisch, doch sie sieht den Ehering nicht. In der Brusttasche sucht er nach Paßfotos seiner Töchter, aber sie sind unauffindbar. Sie stecken bestimmt in einem anderen Anzug. Seine Frau hat noch nie auf seinem Schoß gesessen. Ein seltsamer, ein unerwünschter Gedanke.

»Ich will dir helfen«, sagt er. »Darum bin ich hier.«

Sie küßt ihn. Warm ist ihr Mund und, findet Warnke, recht unerfahren, doch selbst hat er auf dem Gebiet auch nicht viel Erfahrung. Sein eigener Mund ist durch die Erkältung verschleimt.

Was für eine herrliche Blume sie ist, wie Kokosnuß und Mango, denn Kokosnüsse und Mangos liebt er über alles.

Sie ist ein guter Mensch, das sieht man einfach, der Schmutz des Lebens hat sie noch nicht erfaßt. Nicht, daß das Leben in Warnkes Augen eine so dreckige Angelegenheit wäre, auch wenn manche ganz schön durch Sümpfe und Morast gewatet sind. Er nicht. Wo es dreckig werden konnte, hat er sich immer rausgehalten, das war seine Rettung.

Tief gleitet ihre Zunge in seinen Mund, als ob sie dort etwas suche, gleichzeitig zieht sie an seinem Gürtel, aggressiv, fast zu aggressiv.

Doch Warnke denkt: Sie ist noch ein Kind, so unbefangen, sie gibt sich ihren Gefühlen hin. Die meisten Erwachsenen können das nicht mehr, die Leute in den Industrieländern schon gar nicht.

Warnke macht sich von ihrem Mund los. »Nicht«, sagt er, »nicht so. Ich liebe dich, aber ich will dir nicht auf diese Weise helfen. Ich will dich fördern. Die einzige Antwort auf Armut ist eine gute Ausbildung. Du mußt weiterstudieren.«

Er hat keine Ahnung, ob sie arm ist, er vermutet es, arm genug jedenfalls, sich über ein Almosen zu freuen. Und er hält mehr für sie bereit als bloß ein Almosen.

Sie beginnt, erst seine Weste und dann sein Oberhemd aufzuknöpfen.

Verliebt ist er in seine Frau und seine zwei Töchter, da ist er sich sicher, daran hat er noch nie gezweifelt, braucht er auch jetzt nicht zu zweifeln. Das hier ist etwas anderes, er weiß nur nicht, was.

»Jean Wonke«, sagt sie mit ihrem unnachahmlichen Akzent. Und das genügt ihm. Ihr leicht spöttischer Ton ist ihm genug.

Er hätte nie gedacht, daß man sich unbehaglich und erregt zugleich fühlen kann.

»Malena«, sagt er. Sie unterbricht ihre Aktivitäten.

Sie gleitet von seinem Schoß. Er sieht seine zerknitterte Hose, sucht sein Taschentuch, reibt sich übers Gesicht. Triefnaß ist er, durch und durch, als käme er direkt aus dem Schwimmbad.

»Was willst du?« fragt sie. Sie sitzt auf dem Stuhl neben ihm.

»Wie meinst du das?«

Vielleicht hätte er nicht kommen sollen, doch das wäre unhöflich gewesen, so gleichgültig, sie hatte ihn eingeladen, und er wollte der Einladung folgen, zeigen, daß er mehr ist als ein zufälliger Bekannter, der ihr im El Corner ab und zu einen Tee spendiert. Das ist so herablassend, und er ist nicht herablassend, er ist betroffen.

»Was willst du von mir?«

»Ich will dich küssen«, sagt Warnke nach einigem Zögern. »Ich kann nichts dagegen tun. Ich will dich.«

Er kichert, er lacht, auch sie bricht in Gelächter aus. Er kann sich wirklich nicht dagegen wehren. Gegen nichts kann er sich wehren und hiergegen noch am wenigsten.

Sie haben denselben Humor. Nicht, daß bisher vielen aufgefallen wäre, daß er überhaupt welchen besitzt, aber das heißt noch nicht, daß er keinen hat. Tief in ihm steckt er wie ein Tumor.

»Mich hast du schon«, sagt sie. »Was willst du noch?«

»Ich will…«

Warnke zögert. Er ist ein anderer Mensch, als er gedacht hatte. Doch vielleicht hat das nichts zu bedeuten, erlebt jeder das irgendwann einmal. Verlangen ist per se unvernünftig, so ist nun mal die

Natur. Vielleicht sollte er es hierbei bewenden lassen – aufstehen, weggehen, fliehen.

»Ich will«, sagt Warnke. Er lacht wieder. Laut, kurz und schrill. Das Lachen eines Kastraten.

Warum findet Warnke die männliche Phantasie so eklig? Was er eklig findet, ist die eigene Phantasie, das ist es.

Er denkt an seine Frau, die manchmal Geräusche hört, die nicht da sind. Er kann damit leben, andere konnten das nicht. Ihre eigenen Eltern zum Beispiel.

Dann beginnt er Malena zu küssen, wie ein Wahnsinniger, so gierig küßt er sie, und genauso gierig küßt sie zurück. Ein bißchen lächerlich ist dieser Kuß, eigentlich ihr erster richtiger: Seine Zärtlichkeit ist armselig, seine Erregung eine Parodie, doch niemand sieht es.

Genau betrachtet, ist auch Malena nicht real, wie die Geräusche seiner Frau, und so küßt er sie, ohne sie wirklich zu küssen. Er küßt etwas, das nicht da ist, eine Fata Morgana. Und das beruhigt ihn. Warnke ist nicht der Mann, der zu sein er gehofft hatte, Warnke ist jemand anders.

»Ich empfinde viel für dich«, sagt er nach einem langen Kuß, und seine Phantasie stürzt wieder auf ihn ein. Wie ein Bild aus einem Schmuddelheft, das man heimlich am Bahnhofskiosk durchblättert und später auf dem Parkplatz in den Mülleimer wirft. Seine Phantasie ist grauenhaft.

Ihm dämmert, was ihn sein Leben lang beunruhigt hat: Seine erotischen Vorstellungen, die er dachte für immer vernichtet zu haben, aber die offenbar trotzdem nicht ganz tot sind.

Sie hat sein Oberhemd aufgeknöpft, ist jetzt bei seiner Hose. Seine Frau kauft seine Hemden. Seine Frau hat Geschmack, er hat andere Qualitäten, er war gut in Mathematik. Abstraktes Denken war seine Stärke, darum wollte er auch in die Wissenschaft.

Er denkt an seine Kollegen, das ewige Getratsche.

»Hier?« fragt er.

»Wo sonst?«

Offenbar versteht sie mehr davon als er, er wüßte auch keinen anderen Ort, er hat nicht darüber nachgedacht. Er denkt an Grünanlagen und Gebüsche und die Geschichten, die er darüber gehört hat, an Männer, die dort andere Männer treffen. Meinungen sind für Warnke tabu, er weiß, wann man in Gesellschaft kopfschüttelnd und milde lächeln muß.

Sie zieht ihren Pulli aus. Die Farbe ihres BHs stößt ihn ab, doch er bedenkt, daß sie aus einer anderen Kultur stammt.

Mit einem Tritt streift sie sich die Schuhe ab.

Er küßt sie wieder, muß noch kurz an den Botschafter und die Vitaminpräparate denken, dann läßt er sich von seiner Erregung an die Hand nehmen, wie ein Kind von einem Kinderverführer, mit dem Gefühl, daß irgend etwas nicht stimmt, doch seine Neugier ist stärker; es schmachtet nach dem, wonach alle Kinder schmachten: der Übertretung des Verbots.

»Malena«, flüstert er, »ich liebe dich.« Er fürchtet, er meint es ernst. Das hier geht weiter als Lust. Reine, absolut nackte Lust ist nie Warnkes Sache gewesen, dazu war er zu vorsichtig, zu bedächtig, zu überzeugt von seinem eigenen Glück.

Er streicht mit den Händen über ihren nackten Oberkörper. Er spürt ihre Brüste, die Brustwarzen, und einen Moment lang hat er das Bedürfnis, bei ihr zu bleiben, sich bei ihr zu verstecken, vor dem Entwicklungshilfeminister, dem Botschafter, sogar vor Catherina.

Eben weil er von seiner Liebe zu Malena überzeugt ist, sie beschwören könnte, quält ihn diese Phantasie, die nicht von ihm sein kann, es nicht sein darf und wie ein Störsender in seinem Kopf pulsiert.

Rasend schnell stülpt sie ihm ein Kondom über, fast unbemerkt, doch Unschuld heißt noch nicht, daß man auch ungeschickt sein muß.

Er dreht Malena um, er will sie auf dem Tisch nehmen, wo gerade noch Mitglieder und Freunde des Chores Bier getrunken haben, so wie überall auf der Welt Chormitglieder und Freunde nach der Aufführung auf den Erfolg anstoßen.

Um diese Phantasie, die Phantasie des anderen zu strafen, schlägt er ihr fest auf den Hintern, und dabei liebt er sie. Das Gefühl macht ihn krank, todkrank sogar, doch es läßt sich nicht unterdrücken.

Hinterher, es war eine Sache von kaum einer Minute, von Sekunden, halten sie einander fest im Arm. Er sieht Befriedigung in ihrem Gesicht, und das macht ihn glücklich.

»Malena«, sagt er, »Malena.« Und in dem einen Wort, in der Art, wie er es ausspricht, liegt alles. Seine Zukunft, seine Vergangenheit, sein Glück... und dessen Ende. Wenn das Glück aufhört, geht das Leben oft noch ein Stück weiter, doch das hat Warnke vergessen. Das will er vergessen.

Von der Tür hört man ein Klopfen.

»Moment«, ruft Warnke.

Hastig, ohne sein Kondom abzustreifen, zieht er sich die Hose hoch und bringt sein Oberhemd, so gut es geht, in Ordnung. Es ist aus Leinen und knittert leicht.

Malena zupft ihren Rock gerade, steckt ihren

Slip in eine kleine Tasche und zieht hastig und geschickt ihren Pulli wieder an.

Der junge Mann mit dem Bart kommt herein. »Ich hab dir ein Taxi bestellt«, sagt er und lächelt. »Oder wolltest du noch bleiben?«

»Nein, nein«, sagt Warnke, »ich muß nach Hause, ich hab morgen viel zu tun.«

Er sieht sich um, er sucht etwas; hatte er nicht noch was dabei? Er weiß es nicht mehr.

Dann gibt er Malena die Hand und küßt sie kurz auf die Wange.

»Ich seh dich morgen im El Corner«, sagt sie.

»Natürlich«, sagt er, »ich werd da sein, gleiche Uhrzeit wie immer.« In ihren Augen liest er, für ihn unwiderstehlich, vielleicht das Beste und Schönste auf der ganzen Welt: Er ist begehrt. Sie würde alles für ihn tun, inklusive sterben. Er hätte nicht gedacht, daß er das noch mal erleben würde, unbegehrt oder nur halb begehrt ging er durchs Leben, und damit hatte er sich abgefunden. Doch jetzt, wo er begehrt wird, wo er weiß, was das ist, zum ersten Mal vielleicht, empfindet er sein bisheriges Leben bloß noch als einen endlosen Irrtum.

Warnke folgt dem jungen Mann mit dem Kinnbart. Einen anderen Weg, als sie gekommen sind. Sie gehen noch mehr Treppen hinunter, Gänge entlang, eine Treppe hoch.

»Wie war die Versammlung?« fragt Warnke.

Er bekommt keine Antwort.

Sie verlassen das Gebäude durch eine Art Notausgang. Er hat weder Zeit noch Geduld, auf die Umgebung zu achten. Er denkt an Malena, er muß ihr morgen etwas mitbringen. Blumen oder eine Flasche Wein, doch das ist vielleicht zu simpel. Einen Brief! Etwas, woran sie sieht, daß er sich Mühe gegeben hat. Er ist ihr eine Erklärung schuldig. Er muß dieses Wohlüberlegte und Vorsichtige abstreifen.

Der Junge mit dem Kinnbart hält ihm die Tür eines kleinen Autos auf.

»Ist das ein Taxi?« fragt Warnke.

Der Junge nickt.

Warnke setzt sich auf den Rücksitz, nennt seine Adresse, ein paar Sekunden lang hat er Angst, entführt zu werden. Darum fragt er den Fahrer: »Sie sind doch wirklich ein Taxi?«

»Ja«, sagt der Chauffeur.

Er ist nicht ganz beruhigt, doch heute abend ist es Warnke egal, ob er entführt wird oder nicht.

Tadellos wird er an seiner Adresse abgeliefert, der Chauffeur weigert sich sogar, Geld anzunehmen.

»Es ist schon bezahlt«, sagt er.

Warnke kann es nicht begreifen, er besteht darauf zu zahlen, doch steckt er sein Portemonnaie zuletzt beschämt wieder ein.

»Wer hat denn bezahlt?« will er wissen.

Der Fahrer wiederholt nur: »Es ist schon bezahlt.«

Warnke hat Schwierigkeiten, das Gartentor zu öffnen. Er spürt jetzt deutlich die Wirkung von Grippe und Alkohol. Alle schlafen schon.

Im Salon läuft er gegen einen Stuhl, der seiner Meinung nach sonst an einem anderen Platz steht. Er will nicht allzuviel Licht machen. Er zieht sich das Jackett aus, etwas fällt auf das Parkett, eine Münze oder ein Anstecker. Er bückt sich, um es aufzuheben, tastet über den Boden, doch er findet nichts. Dann sieht er ein Bein, einen Fuß in einem Pantoffel, schaut auf und erkennt das Gesicht der Haushälterin.

Er hat sie nicht kommen hören. Sie trägt die Pantoffeln, die sie von den Warnkes letztes Jahr zu Weihnachten bekommen hat. Klein und untersetzt ist sie, wie viele Peruaner.

»Señor Baptist«, sagt sie, »können Sie nicht schlafen?« Sie nennt ihn »Señor Baptist«, seine Frau ist »Señora Catherina«. Warum sie ihn nicht »Señor Jean« nennt, ist ihm ein Rätsel.

Er will sich aufrichten, doch es gelingt ihm nicht.

»Ich suche etwas«, sagt er, »nicht so wichtig. Geh wieder schlafen.«

Dann fällt ihm auf, daß sie noch angezogen ist, und er erinnert sich an ein Gespräch vor einiger Zeit, in dem sie von ihrer Schlaflosigkeit erzählte.

»Gute Nacht, Señor Baptist«, sagt sie.

Sie schlurft davon, er richtet sich auf, er schwankt, er muß sich am Sofa festhalten, doch holt er ein paarmal tief Atem, und dann geht es wieder. Oben küßt er seine beiden Töchter, vorsichtig, um sie nicht zu wecken.

Auch seine Frau schläft tief.

Er zieht seine Schuhe aus und die Socken. Sein Jackett liegt noch unten im Wohnzimmer. Die übrige Kleidung behält er an, so legt er sich neben seine Frau.

»Ich brauche dich«, flüstert er, kaum hörbar, »ich liebe dich, du bist alles, was ich will.«

Weil er fürchtet, sie mit einer Berührung zu wecken, streichelt er das Kuscheltier, das sie locker im Arm hält, und so wirkt es, als ob er mehr zum Kuscheltier spricht als zu seiner Frau.

Einen Moment bleibt er so liegen. Dann steht er auf und zieht sich aus. Erst im Badezimmer vor der Kloschüssel entdeckt er, daß an seinem inzwischen schlaffen Glied ein Kondom baumelt.

Er zieht es herunter, doch weiß er nicht, wie er es loswerden soll.

Die Haushälterin ist eine fleißige Frau, die die Abfälle gewissenhaft trennt. Im Garten kompostieren die Warnkes ihren eigenen Bio-Müll.

Warnke geht hinunter, das benutzte Kondom in der Hand, es klebt ein wenig Blut daran, er schaut sich in der Küche um, geht dann in den Salon, öffnet die Terrassentüren und geht barfuß übers Gras zu den Rosensträuchern. Vor kurzem erst gepflanzt von seiner Frau. Er fängt an zu graben, mit bloßen Händen, er merkt nicht, wie frisch es draußen ist, kalt eigentlich.

Warnke gräbt im Boden und denkt an seine Töchter, doch wieviel Mühe er sich auch gibt, etwas anderes zu denken, etwas Fröhliches und Unschuldiges, er kann sich immer nur vorstellen, wie er sie in einen großen Jutesack steckt, einen, wie er als Nikolaus-Zubehör irgendwo bei ihnen im Keller herumliegt, und wie er den Sack mit Steinen beschwert.

Er gräbt weiter, viel tiefer als für das Kondom notwendig. »Paßt gut auf meine Mädchen auf«, sagt er zu den Rosen. »Bewacht sie gut.«

Noch ist es ihm nicht tief genug, er denkt an alles, was er heute abend erzählt hat, von seinem Beruf, von Den Haag, daß die einzelnen Botschaften in den letzten Jahren immer mehr Eigeninitiative entfalten dürfen. Warum zum Teufel mußte er das loslassen? Das war Wahnsinn. »Als Privatmann«, er hört es sich wieder sagen – dann muß er sich auch so verhalten! Er muß sich zusammennehmen, das muß er. Darum gräbt er noch fünf Minuten weiter, tut das Kondom in das Loch und schiebt es dann eilig mit Erde wieder zu.

Auf den Knien rutscht er ein paar Zentimeter weiter, um nachzusehen, ob es nicht auffällt.

Seine Hand berührt etwas Warmes und Weiches. Lebendiges. Er schreit, nicht laut, nicht wie eine Frau, doch er schreit.

Ein Pantoffel.

Rosa, weich und flauschig.

»Señor Baptist«, sagt die Haushälterin, »brauchen Sie Hilfe?«

Er steht auf, er merkt nicht, daß er nur eine Unterhose trägt. Er sagt: »Der Boden ist zu trocken. Morgen müssen die Rosen ordentlich gewässert werden. Ordentlich, hörst du?«

Zum ersten Mal hat er Angst, das gleiche zu haben wie sein Vater, obwohl er eigentlich nicht weiß, was das war, vielleicht auch nichts. Er weiß nur, daß sein Vater groß war, größer als er, und immer ein wenig vornübergebeugt stand, damit andere Leute sich nicht so klein vorkamen.

»Ich werde morgen die Rosen gießen, Señor Baptist«, sagt die Haushälterin.

Sie gehen gemeinsam hinein. Auf der Treppe ist er noch fröhlich bei dem Gedanken, daß er in etwas mehr als zwölf Stunden Malena wiedersieht, fast euphorisch, doch als er neben seiner Frau liegt, macht er sich Sorgen, ob die Haushälterin etwas ahnt. Er stellt sich vor, wie sie bei den Rosen gräbt und alles Erdenkliche an Verbotenem findet, viel mehr als nur ein Kondom. Schlafen kann er nicht mehr, er macht die Nachttischlampe an und betrachtet das Kuscheltier, das friedlich in den Armen seiner Frau liegt. Er kann den Blick nicht davon abwenden. Er will es streicheln, doch bleibt wie gelähmt.

Am nächsten Vormittag um elf geht er in ein Papiergeschäft. Er schwankt zwischen Zartrosa und Hellgelb und entscheidet sich schließlich für das hellgelbe Briefpapier. Zartrosa ist ihm zu kitschig, es erinnert ihn an die Pantoffeln der Haushälterin. Sicherheitshalber kauft er auch noch einen neuen Füllfederhalter.

Um halb zwölf sitzt er an seinem Schreibtisch, neben sich ein zweibändiges spanisch-niederländisches Wörterbuch. Er schreibt ein Gedicht, zum ersten Mal in seinem Leben.

Vier Fassungen schreibt er ins unreine, bis er etwas zu Papier gebracht hat, das ihm gefällt. Selbst ein paar Reime hat er hinbekommen, denn reimlose Gedichte kann er nicht leiden. Manche Konstruktionen sind holprig, und insgesamt ist es ziemlich abstrakt, doch er wüßte nicht, wie er es konkreter machen könnte. Was er ihr zu sagen hat, verträgt keine Konkretheit.

Er schreibt das Gedicht gerade auf das hellgelbe Papier ins reine, als der Botschafter in sein Büro stürmt.

»Haben Sie's schon gehört?« fragt der Botschafter.

Warnke bedeckt sein Gedicht mit dem Arm und kleckst mit dem Füller.

»Was?« fragt er.

»Haben Sie nichts gehört?«

Warnke schüttelt den Kopf.

»Sie haben das Dokumentationszentrum in die Luft gejagt.«

»Oh. Wie ärgerlich. Wer denn?«

Warnke legt die Zeitung auf sein Gedicht und schiebt die Wörterbücher beiseite.

»Wer? Na wer wohl! Was meinen Sie? Rebellen, die Guerilla natürlich! Millionen Gulden des niederländischen Steuerzahlers zum Teufel. Eine Affenschande! Vom Gebäude ist nichts mehr übrig.«

Warnke läßt das hellgelbe Papier in einer Schublade verschwinden.

»Gab es Tote?« fragt Warnke.

»Vier oder fünf, zum Glück keine Niederländer, die waren alle auf Exkursion. Ich bin rasend. Ich will, daß Sie einen Brief schreiben.«

»An wen?«

»An die Rebellen natürlich!«

Warnke legt die Hände zusammen, er denkt an das Loch, das er in der Nacht im Garten gegraben hat.

»Haben die denn eine Adresse?«

»Natürlich haben die eine Adresse. Oder zumindest ein Postfach. Jeder Terrorist hat heutzutage Adresse und Bankverbindung, wenn er ein bißchen auf Draht ist, auch noch eine Steuernummer, und zahlt brav ans Finanzamt, Sie sind nicht auf dem laufenden, Warnke. Wenn die clever sind, kriegen sie auch noch Subventionen. Ich will, daß Sie denen einen Brief schreiben.«

»Einen Brief?«

Er nimmt seinen Schreibblock, um ein paar Notizen zu machen, und reißt dabei die ersten Versionen seines Gedichts so unauffällig wie möglich ab.

»Was wollen die Terroristen?« fragt der Botschafter.

Warnke schaut aus dem Fenster. Das Gesicht des Botschafters ist rot angelaufen.

»Die Gesellschaft destabilisieren?« sagt Warnke, obwohl er eigentlich nicht glaubt, daß der Botschafter eine Antwort erwartete.

»Richtig. Und warum?«

Warnke zögert. Sein rechtes Nasenloch ist immer noch verstopft.

»Um den Arbeitern und Bauern zu helfen, wenn ich nicht irre.« Revolutionäre haben oft eine Schwäche für Bauern – seltsamerweise, denn fast immer kommen sie selbst aus der Stadt. Revolutionen beginnen selten auf dem Land.

»Genau«, sagt der Botschafter, »und jetzt will ich von Ihnen wissen, Warnke, was hat Rietveld den peruanischen Arbeitern und Bauern getan?«

»Pardon?«

Der Botschafter schaut Warnke drohend an und wiederholt: »Was hat Rietveld den peruanischen Arbeitern und Bauern getan?«

Der Botschafter schlägt auf Warnkes Schreibtisch. Auch seine Augen sind rot: blutunterlaufen. Warnke fühlt sich unbehaglich. »Ich hab keine Ahnung«, flüstert er, »ich glaube nicht, daß Rietveld je in Peru war. Aber ich hab mich auch nie so damit beschäftigt.«

»Ich auch nicht. Spielt auch keine Rolle. – Aber

was hat Rietveld den Leuten getan, will ich wissen? Warum mußten sie diese einzigartige Replik des Rietveld-Stuhls in die Luft jagen? Wozu soll das gut sein? Was wollen die damit erreichen? Monate hab ich mich abgerackert, ganz Den Haag verrückt gemacht, erst das Außenamt, dann Kultur, dann Entwicklungshilfe. Überall hab ich gesagt: ›Wenn wir das Flaggschiff der niederländischen Entwicklungszusammenarbeit ernst nehmen wollen, brauchen wir niederländisches Design.‹ Niederländisches Design, Warnke. Und woran denken Sie, wenn Sie ›niederländisches Design‹ denken?«

Warnke notiert: »Niederländisches Design.« Vor allem, um etwas zu tun zu haben, der Botschafter macht ihm ein wenig Angst.

Er fingert eine Pfefferminzpastille aus der Hosentasche.

»An Rietveld!« ruft der Botschafter. »Wenn Sie an niederländisches Design denken, denken Sie an Rietveld. Ich will, daß Sie einen Brief schreiben, in dem Sie gegen die sinnlose Zerstörung dieser einzigartigen Replik protestieren.«

Warnke hustet. Er verschluckt sich an seiner Pfefferminzpastille.

»Aber Repliken sind doch nie einzigartig?«

Der Botschafter schlägt wieder auf Warnkes Schreibtisch, noch lauter als zuvor. Von der freundlichen Melancholie, die ihm sonst immer anhaftet, ist nichts mehr zu spüren. Er ist voll Leidenschaft. Ihm stehen sogar Tränen in den Augen. Warnke kann kaum glauben, daß ein Rietveld-Stuhl ihm so zu Herzen geht, aber wer weiß.

»Das war eine einzigartige Replik, Warnke, wenn ich Ihnen das sage, können Sie mir das glauben.«

Warnke notiert: »Einzigartige Replik.«

»Schreiben Sie«, sagt der Botschafter, »daß der niederländische Staat mit aller Schärfe gegen die Sprengung dieser einzigartigen Replik des klassischen Rietveld-Stuhls protestiert, daß auch das Ziel einer gerechteren Gesellschaft nie solche Mittel rechtfertigt, daß wir natürlich die Toten und Verwundeten betrauern und so weiter und so weiter.«

Warnke schreibt alles auf, und als er fertig ist, läßt sich der Botschafter in einen Sessel fallen.

»Sollten wir nicht erst mit Den Haag Rücksprache halten?« fragt Warnke, doch der Botschafter schlägt so fest auf den Schreibtisch, daß er sich weh tut, und ruft: »Wir haben keine Zeit, auf Den Haag zu warten, wenn wir darauf warten wollen, sind wir bald alle tot. Tot, hören Sie mich? Wenn hier irgendwann noch mal ein Völkermord stattfindet, haben wir das den Menschenrechten zu verdanken.«

Der Botschafter spuckt vor Empörung.

»Da ist was dran«, sagt Warnke.

»Wenn es keine Menschenrechte gäbe, Warnke, wäre das Dokumentationszentrum noch da. Dann hätten wir hier keine Zehntausende von Toten, aber das versteht Den Haag nicht, weil die da immer denken, Selbsthaß sei ein Zeichen für intellektuellen Mut.«

»Ja«, sagt Warnke, »das scheinen die zu denken.«

So kommt es, daß noch am selben Morgen ein Brief die niederländische Botschaft verläßt, in dem per Einschreiben heftig gegen die Sprengung einer einzigartigen Replik des klassischen Rietveld-Stuhls protestiert wird. Da Warnke keine Adresse der Rebellen ausfindig machen konnte, wird der Brief in der Lokalzeitung unter »Leserbriefe« veröffentlicht.

Den Haag gibt noch am selben Tag bekannt, daß die niederländischen Akademiker zurückgerufen werden, weil die Versicherung nicht mehr bereit ist, die Risiken zu decken. Warnke bekommt den Auftrag, die Jeeps mit kugelsicheren Scheiben als Gebrauchtwagen zu verkaufen, und auf einer Pressekonferenz, bei der selbst ein paar Journalisten ausländischer Zeitungen anwesend sind, erklärt der Botschafter, daß das Flaggschiff der niederländischen Entwicklungszusammenarbeit in Peru eines vorzeitigen Todes gestorben sei und die Niederlande jetzt nicht mehr helfen könnten, die vom Aussterben bedrohten Indianersprachen zu archivieren.

»Aber«, sagt der Botschafter, »das bedeutet keineswegs, daß die Niederlande diese Sprachen ihrem Schicksal überlassen.«

Unmittelbar danach findet in der Botschaft eine Krisensitzung statt, denn der Besuch des Ministers bleibt natürlich auf dem Programm, der Minister weicht nicht der Gewalt.

Zum Glück gibt es außer dem Flaggschiff noch ein paar andere Projekte, die man dem Minister zeigen kann. So gibt es eine Ananasplantage in einer Gegend, wo früher Koka angebaut wurde. Mit Hilfe des niederländischen Staates sind die Koka-Bauern auf eine alternative Nutzpflanze umgestiegen. Aus klimatologischen Gründen sieht die alternative Ananas reichlich verkümmert aus, obwohl sie ordentlich schmeckt. Zudem fehlt die Infrastruktur, die Alternativ-Ananas vom Feld auf den Markt zu bringen.

Durch all das und weil Warnke noch sein Gedicht auf das gelbe Papier abschreiben muß, kommt er später als geplant ins El Corner.

Er ist noch in einer Parfümerie gewesen, ein Umweg von mindestens zwanzig Minuten, und hat ein Eau de toilette gekauft: White Linen. Ein Ideechen altmodisch vielleicht, aber für eine junge Frau muß es schön sein, Gedichte zu bekommen, die dazu noch angenehm riechen.

In der Parfümerie überwindet er seinen letzten Zweifel und sprüht diskret ein wenig Duftwasser auf den gelben Umschlag. Das Fläschchen steckt er in seine Brusttasche, die Verpackung läßt er auf dem Ladentisch.

Zum Glück ist sie noch da, als er im Café ankommt.

Einen Moment lang befürchtet er, sie könnte ihn küssen, doch sie ist vorsichtig.

Sie gibt ihm die *Newsweek,* er ihr den Umschlag.

»Nicht aufmachen«, sagt er leise, »erst nachher.«

Sie hält den Briefumschlag an die Nase. Ihr Lächeln wird breiter.

Warnke betet sie an, er hat den Rietveld-Stuhl vergessen, den Botschafter mit seinen rotunterlaufenen Augen und seinen Vitaminpräparaten, selbst seine Töchter sind aus seinem Bewußtsein verschwunden, er ist hier, nur noch hier, im El Corner mit Malena. Und er ist nicht mehr distanziert. Er fühlt sich leicht und beschwingt.

Sie küßt ihn verstohlen in den Nacken. Sein Glück wächst.

»Ich habe ein Gedicht für dich geschrieben«, sagt Warnke. »Es reimt sich.«

Andere haben Gedichte geschrieben, als sie jung waren, er nicht, darum tut er es jetzt.

Sie will den Umschlag aufreißen, aber er sagt: »Später. Mach es zu Hause, lies es in aller Ruhe, wenn ich nicht dabei bin.«

Sie blickt ihn an auf eine Weise, daß Warnke spürt: Sein Leben bisher war ein Irrtum.

Der Altersunterschied ist eigentlich unbedeutend, Warnke fühlt sich jünger und vitaler als irgendwann in den vergangenen Jahren. Der Größenunterschied stört ihn mehr, doch selbst der läßt sich überbrücken. Einfach nicht mehr so viel stehen, mehr sitzen, liegen.

»Weißt du, was ich will?« fragt sie.

Er schüttelt den Kopf.

»Was willst du?« fragt sie.

Er sagt nicht, was er will, er setzt die Brille ab, sucht ein Taschentuch, macht sorgfältig die Gläser sauber und antwortet leise: »Küssen, ich will dich küssen. Aber das geht nicht. Du weißt, daß das nicht geht.«

Er setzt die Brille wieder auf.

Sie trägt einen grauen Trainingsanzug, auf der Jacke steht eine Nummer. Ihre Brüste scheinen ihm voller als sonst, vielleicht hat sie ein etwas knappes T-Shirt angezogen.

Malena steht auf, geht zur Kasse. Er folgt ihr,

zahlt, sie nimmt seine Hand. Alle können es sehen, doch er denkt nicht darüber nach, er sagt: »Ich würde gern mal mit dir in den Zoo gehen, warst du da schon mal, im Zoo von Lima?«

Vor einem halben Jahr ist er mit seiner ältesten Tochter da gewesen. Ihn beeindruckte der Kondor, seine Tochter interessierte sich vor allem für Schafe und Lamas.

Sie wenden sich zum Gehen, an der Tür sieht er den hellgelben Umschlag auf dem Tisch liegen.

»Das Gedicht«, sagt er. »Vergiß es nicht.«

Sie nimmt es, steckt es in ihre Tasche und lacht ihn an, als wolle sie sagen, daß es auf so ein Gedicht nicht ankommt.

Warnke denkt darüber anders, sein Leben ist eine Frage der Poesie geworden.

Sie nimmt ihn mit, wie man ein Kind hinter sich herführt, sie gehen durch Santa Catalina, das Viertel, in dem die niederländische Botschaft liegt. Die französische Botschaft liegt in einer angenehmeren Gegend. Leider ist er kein Franzose. Sie voderneweg, er hinterdrein, so gehen sie, erst noch durch Straßen, die er kennt, dann sieht er nichts mehr, nur noch Malena.

Taxis hupen. Es gibt zu viele Taxis in dieser Stadt und zu wenige Kunden. Er riecht den Geruch von Motoren aus einer Zeit lange vor dem Katalysator, als es noch keinen sauren Regen gab. Ein Geruch, den er nie mehr vergessen wird. Liebe riecht nach Benzin.

Sie fragt: »Weißt du, was du bist?«

Warnke schüttelt den Kopf. Eigentlich müßte er die Sonnenbrille aufsetzen, das Licht reizt seine Augen, doch er will sie genau sehen, ganz genau sehen, im Licht, das seine Augen quält.

»Du bist mein Chunquituy«, sagt sie.

»Chunquituy. Was bedeutet Chunquituy?« fragt Warnke und kichert ein wenig, wieder wie ein Kastrat, doch hier gibt es zum Glück kein Echo, das seine Stimme zurückwirft.

»Mein Schnuckiputz, mein kleiner Liebling«, sagt sie, »das bedeutet Chunquituy. Auf Ketschua.«

Er bittet sie, es ihm aufzuschreiben.

Im Stehen schreibt sie ihm in sein Notizbuch neben die typisch peruanischen Rezepte: »Chunquituy.«

»Chunquituy«, wiederholt Warnke, »Chunquituy. Ich bin dein Chunquituy. Sprichst du Ketschua?«

»Ja«, sagt sie, »meine Mutter spricht es und meine Großmutter.«

Warnke nickt, er denkt an vom Aussterben bedrohte Indianersprachen, dann fragt er, wo sie hingehen.

»Nur die Ruhe«, sagt sie. »Laß dich überraschen.«

Sie nimmt ihn bei der Hand. Zieht ihn mit sich. Er klopft sich Staub vom Jackett, auch ein paar Schuppen. Man wartet auf ihn, aber der Botschafter kann sein erstes Glas Riesling auch mal ohne ihn trinken, ein Diplomat ist nie einzigartig, kann jederzeit ersetzt werden, ein Geliebter nicht, denn der vertritt nur sich selbst.

Sie gehen in ein Haus, ein ziemlich gepflegtes Gebäude sogar, in einer passablen Gegend, die er nicht kennt. Doch was kennt Warnke schon von Lima? Den Weg von seinem Haus zur Botschaft, von der Botschaft ins El Corner, ein paar Straßen im Zentrum, den kürzesten Weg zum Garten des Botschafters. Einen Moment fragt er sich, woher Malena die Schlüssel zu diesem Haus hat.

Sie gehen zwei Treppen hoch. Auf den Stufen sitzen Kinder; als Warnke vorbeikommt, ziehen sie an seinen Hosenbeinen, doch er reißt sich los.

Die Wohnung ist möbliert und Warnke verliebt. Darum küßt er Malena, als sei es das letzte Mal. Erst als er sie auszieht, überfällt ihn wieder diese Phantasie, die nicht von ihm stammt, nie seine werden darf. Eine Phantasie aus einer Welt, so grauenhaft und beängstigend, daß Warnke sie nicht als seine erkennt, und er bestraft sich für seine Gedanken, indem er die Geliebte fest auf den Hintern schlägt.

Nach dem Orgasmus fällt ihm ein, wie spät es ist und daß er zum Botschafter muß. »Ich muß zurück«, sagt er. Hastig sucht er seine Kleidung zusammen.

Halbnackt öffnet sie den Briefumschlag und liest sein Gedicht. Sie lacht, sie sagt: »Du bist echt lieb.«

In ihrer Stimme klingt Staunen, und Warnke bewundert sie jetzt noch mehr.

So jung und schon so erwachsen. Nicht naiv. Bedächtig, verständnisvoll und interessiert.

Wie sie da halbnackt sein Gedicht liest, so gelassen und natürlich. Er könnte nie halbnackt ein Gedicht lesen.

»Könntest du mir einen Gefallen tun?« fragt sie.

»Alles«, sagt Warnke.

»Was für mich verschicken? Ein Päckchen.«

»Nicht mehr?«

Warnke klingt enttäuscht.

»Nein, nur das.«

»Natürlich«, sagt Warnke. »Was ist es?«

Sie nimmt ein kleines Päckchen aus ihrer grünen Tasche.

Eine Adresse steht darauf, irgendwo in Lima. Er kennt die Straße nicht. Als er hier anfing, sagte der Botschafter zu ihm: »Versuchen Sie gar nicht erst, die Stadt kennenzulernen, es klappt doch nicht.

Außerdem ist es verschwendete Mühe. Lima ist groß, häßlich und dreckig. In ein paar Jahren sind Sie sowieso wieder weg.«

Malena kitzelt ihn unterm Kinn, an einer Stelle, wo er sich am Morgen geschnitten hat.

»Natürlich tu ich das für dich«, sagt Warnke. »Kein Problem. Liebend gern.«

Sie hat kein Geld. Das arme Kind, sie hat nichts. Das ist das mindeste, was er für sie tun kann. Ein Päckchen verschicken. Eigentlich müßte er mehr tun. Viel mehr.

»Chunquituy«, sagt sie.

»Chunquituy«, sagt Warnke.

Er streichelt ihr über den Bauch, schiebt den BH, den sie gerade angezogen hat, wieder hoch, beißt ihr in die Brustwarze.

»Autsch«, ruft sie. Aber sie lacht.

Dann zeigt sie auf die Fingernägel seiner rechten Hand.

»Was hast du da gemacht?« fragt sie.

Die Ränder seiner Nägel sind kohlrabenschwarz.

Er hat gegraben, mitten in der Nacht, aber das ist keine Antwort.

»Ach«, sagt er, »bloß ein bißchen Dreck.«

Er bringt sich vor einem kleinen Spiegel in Ordnung. Auf dem Boden liegen ein paar Toilettensachen, Zeitungen, ein Paar Herrenschuhe.

Beim Verlassen des Apartments flüstert Warnke ihr ins Ohr: »Ich liebe dich.« Und er begreift nicht, daß das das schlimmste von allem ist: Er meint es ernst.

In den nächsten Tagen ist Warnke launisch, seine Stimmung schwankt von Minute zu Minute, es kostet ihn Mühe, seine Umgebung nicht darunter leiden zu lassen. Dreimal pro Tag schluckt er Baldrian gegen Depressionen.

Er muß mit seiner Frau reden, findet er, nichts lieber möchte er, als ihr sagen, daß er sich geirrt hat. Acht Jahre, ziemlich lang für einen Irrtum. Doch dann denkt er an seine Töchter.

Abends im Bad unterbricht er sein Vorlesen, drückt die Kinder an sich und sagt: »Papa hat euch lieb, sehr, sehr lieb.«

Auch das meint er ernst. In Warnke ist Liebe, viel Liebe.

Malena drängt ihn nicht. Zu nichts. Sie lacht ihn sogar ein bißchen aus, wenn er Pläne für ihre gemeinsame Zukunft macht. »Wir«, sagt sie und streichelt ihn, »wir bleiben doch nicht zusammen. Wir werden nicht zusammen alt.«

Dabei würde er für Malena den diplomatischen Dienst mit Freuden verlassen. »Ich hab was gespart«, sagt er, »ich könnte hier vielleicht Arbeit finden als...« Ihm fällt nichts ein. »Als Ladenbesitzer. Oder ich könnte ein Reisebüro eröffnen.«

Je mehr sie ihn auslacht, desto leidenschaftlicher schmiedet er seine Pläne.

»Wir könnten irgendwo zusammen wohnen«, sagt er. »Egal wo, von mir aus in einer Bretterbude.«

»Ja, das wär schön«, sagt sie. »Aber warum in einer Bretterbude?«

Ab und zu nimmt sie ihn in das Apartment mit und bittet ihn, ein Päckchen für sie zu verschicken; und jedesmal ist er enttäuscht, daß sie nicht mehr von ihm verlangt.

Er würde ihr so gern wirklich helfen, sie retten. Eine Rettung mit allem Drum und Dran. Eine Rettung erster Klasse, die aus Malena einen neuen Menschen machen würde.

Warnke schreibt noch mehr Gedichte. Auf hellgelbem Papier, aber auch auf grünem, wegen der Farbe ihrer Tasche.

In einem Antiquariat hat er ein spanisches Reimwörterbuch gefunden; der Band ist schon reichlich zerfleddert, und ein paar Seiten fehlen, doch sonst ist er sehr brauchbar.

Es entgeht ihm nicht, daß sie seine Gedichte immer unbeteiligter entgegennimmt. Doch dann drängt er sie, nicht mit dem Lesen zu warten, oder er öffnet den Umschlag selbst und beginnt vorzulesen. Wenn er fertig ist, schaut sie ihn jedesmal erstaunt an und sagt: »Du bist echt lieb.« Als ob sie es nicht glauben könnte.

Er parfümiert seine Poesie immer noch mit White Linen.

Es gibt neue Anschläge, doch die Toten sind keine Ausländer, darum interessiert man sich im Rest der Welt nicht für sie. Der Besuch des Ministers wird verschoben, auf nach Weihnachten.

Warnke besingt Malenas Brüste, im selben Gedicht, in dem er auch ihre unsterbliche Seele rühmt.

Die niederländische Entwicklungszusammenarbeit in Peru braucht ein neues Flaggschiff, doch man weiß noch nicht recht, was das sein soll. Trotz wiederholter Versuche hat Warnke die Jeeps mit den kugelsicheren Scheiben immer noch nicht verkaufen können.

Eines Abends sitzt Warnke mit seinen Töchtern in der Badewanne, der Schaum riecht nach Erdbeeren, denn den Geruch mag die Ältere besonders, und er nimmt sich vor, seiner Frau heute alles zu erzählen. Daß ihr Leben zu Ende ist, ihr gemeinsames Leben zumindest, doch daß er ihr alles Gute wünscht. Und daß er seine Töchter weiter sehen möchte. Daß es jemanden gibt. Jemanden, den er liebt. Eine Peruanerin, die Ketschua spricht.

Gerade als er seiner Frau in der Küche alles gestehen will, fällt ihr beim Knabbern eines Nougatbonbons eine Füllung heraus. Sie muß etwas weinen, denn sie hat Angst vor dem Zahnarzt. Jetzt kann er guten Gewissens nicht mehr von seiner Liebe anfangen. Er hält sich mühsam zurück und tröstet seine Frau mit den Worten: »Eine herausgefallene Füllung ist kein Beinbruch, Liebling.« Er streichelt ihr über den Arm und das Haar und denkt: Morgen sag ich's ihr. Morgen. Doch er fragt: »Soll ich zum Zahnarzt mitkommen?«

Er will ihr nicht weh tun, er will niemandem weh tun.

Warnke fragt in Den Haag, ob der Minister Diät halten muß oder aus anderen Gründen eventuell kein gegrilltes Fleisch mag, doch er bekommt keine Antwort.

Der Botschafter sagt: »Auch wenn der Besuch aufgeschoben ist – wir müssen's langsam mal wissen. Gutes Fleisch kann man nicht im letzten Moment bestellen.«

Zwischen all den verschiedenen Tätigkeiten schreibt Warnke Gedichte. Er hat es immer noch nicht geschafft, seine Frau über den Irrtum, in dem sie beide so zufrieden und harmonisch leben, aufzuklären. Er hat sich dafür entschieden, erst den

Besuch des Ministers abzuwarten. Das ist besser. Auch hat er sich angewöhnt, mit den Fingern zu knacken, wodurch seine Knöchel ein Geräusch machen, das Warnke beruhigt, doch andere Leute zum Wahnsinn treibt.

Ab und zu verschickt er ein Päckchen für Malena, ab und zu küßt er sie, und ab und zu bestraft er sie für die Anwesenheit von Phantasien, mit denen er nicht leben kann.

An einem Samstag morgen schafft er es endlich, sie in den Zoo mitzunehmen. Er trägt einen Anzug, aber keinen dreiteiligen. Sie hat eine Wegwerfkamera gekauft, mit der sie Fotos machen will, um an ihn denken zu können, wenn er nicht da ist.

»Kannst du denn ohne Fotos nicht an mich denken?« fragt Warnke.

Er möchte mit dem Taxi fahren, doch sie findet Laufen romantischer. Daß es ein langer Spaziergang wird, macht es nur noch romantischer.

Auf der Plaza San Martin steht ein alter Mann mit einem kleinen Karren und einem Äffchen an einer Kette.

»Schau mal«, sagt Malena, »ein Glücksäffchen.«
Sie gehen näher heran.
»Was macht es?« fragt Warnke.
Das Äffchen trägt eine rote Livree.

»Es zieht dir dein Glück«, sagt Malena. »Wenn du ihm Geld gibst, greift es eine Karte, auf der dein Schicksal steht, dein Glück, darum heißt es so.«

Das Gesicht des alten Mannes sieht aus wie das des Äffchens.

»Ziehen wir eine Glückskarte«, sagt Warnke. Für seine Verhältnisse ist er ausgelassen.

Er gibt dem alten Mann einen Sol. Der Affe öffnet ein Kästchen, nimmt eine Karte heraus und überreicht sie Warnke mit einer zierlichen Gebärde.

Malena und er lesen zusammen, bei einigen Wörtern muß sie ihm helfen.

»Wir kriegen also vier Kinder«, sagt Warnke, »und ich werde siebzig? Ich wechsle noch zweimal den Beruf und habe meine Seelenverwandte schon gefunden?«

»Ja«, sagt Malena, »vier Kinder, siebzig Jahre, und deine Seelenverwandte kennst du schon, das ist dein Glück.«

Er drückt sie an sich. »Das bist du«, sagt er, »die verwandte Seele bist du.« Er hält sie fest im Arm, sein geweissagtes Glück, fast zu fest.

Bevor sie weitergehen, dreht er sich noch einmal um. Der Affe ißt einen Cracker, und wieder fällt ihm auf, wie ähnlich der alte Mann dem Äffchen sieht. »Du darfst sie nicht streicheln«, sagt Malena, »sie stecken voller Flöhe, und wenn die dich erst mal angesprungen haben, wirst du sie nicht mehr los.«

Der Zoo ist an dem Tag gut besucht; Schulklassen, Familien, Mütter mit Babys. Kinder mit Heften in der Hand, aber auch alte Frauen.

Vor dem Käfig der Ameisenbären ist weniger los, erst da hat Warnke Gelegenheit, in die Knie zu gehen, seinen Mund auf den Malenas zu pressen und ihr seine Liebe zu gestehen, eine Liebe, die nie enden wird. Aus der Brusttasche zieht er das dazugehörige Geschenk. Ein Halskettchen mit einem kleinen silbernen Delphin. Bei dem Delphin hat er lange gezögert, doch die Frau im Juweliergeschäft sagte: »Für ein Mädchen Anfang Zwanzig ist so was immer ein schönes Geschenk.«

Er war zu einem kleinen Juwelier in der Innenstadt gegangen, der auch als Pfandleiher arbeitet, nicht zu H. Stern, wo er den Schmuck für seine Frau kauft.

Als der Delphin um Malenas Hals baumelt, sagt Warnke: »Nach dem Besuch des Ministers für Entwicklungszusammenarbeit erzähl ich's meiner Frau. Dann können wir endlich richtig zusammensein.«

Sie spielt mit dem kleinen Delphin.

»Warum mußt du ihr so weh tun?«
»Wem?«
»Deiner Frau.«

Schweigend, doch Hand in Hand beobachten sie die Ameisenbären. Es sind drei. Warnke spürt, wie die Melancholie ihn überflutet wie ein allesvernichtender Orkan.

»Komm, Chunquituy«, sagt Malena, »wir machen Fotos.«

Zu zweit, allein, einander umarmend, küssend, nachdenklich, traurig, fröhlich, obszön, erotisch, neutral. Eine ganze Serie. Andere Besucher sind dem verliebten Paar gern behilflich. Sie lächeln gerührt. Ein großer, etwas zu blasser Mann in einem zu feinen Anzug neben einem jungen peruanischen Mädchen im Trainingsdress. Das ist nicht, was Warnke sieht, er sieht Liebe, mit den Ameisenbären im Hintergrund.

Eine Schulklasse stellt sich vor den Käfig. Kinder rempeln Warnke an.

»Gehen wir weiter«, sagt er.

»Es wär lustig, wenn wir an einem Käfig vorbeikämen, in dem ein paar Menschen sitzen, nicht? Schicke Leute im Badeanzug.«

Warnke findet es überhaupt nicht lustig, doch er antwortet: »Ja, das wär witzig.« Er geht ein wenig in die Knie und drückt sie an sich, obwohl es ihm wie eine leere Geste vorkommt. Er schiebt diesen Gedanken beiseite. Er haßt diesen Gedanken.

Nikolaus kommt heran, und das bedeutet, daß das traditionelle Sinterklaasfest der niederländischen Botschaft groß gefeiert wird, denn Feste begeht der Botschafter grundsätzlich in großem Stil. Zusätzlich zu den Geschenken Catherinas hat auch Warnke ein paar Präsente für seine Töchter gekauft, eine Barbiepuppe, ein Buch für die Badewanne zum Vorlesen. Für seine Lieben ist ihm keine Mühe zuviel.

Bei einer Besprechung schlägt der Botschafter vor: »Wär es nicht nett, wenn Sie dieses Jahr den Sinterklaas spielen, Warnke? Ich glaube, das liegt Ihnen.«

Als seine Frau davon hört, sagt sie: »Dann machst du das bei uns zu Hause auch, das geht in einem Aufwasch. Und ist schön für die Kinder. Ein echter Sinterklaas.«

Das Kostüm leihen sie sich von einer Sekretärin in der Botschaft, die es vor fünf Jahren aus den Niederlanden mitgebracht hat. Es ist Warnke um Nummern zu klein, aber er paßt gerade noch hinein.

»Ich seh aus wie eine Schießbudenfigur«, sagt er, aber seine Frau antwortet: »Das merken die Kinder nicht, glaub mir.«

Er verkleidet sich im Schlafzimmer der Haushälterin, schleicht mit zwei Jutesäcken über der Schulter aus dem Haus, rutscht aus, kann mit Hilfe seines Stabs gerade noch das Gleichgewicht halten und klingelt dann an seiner eigenen Tür.

Die Nachbarn schauen aus dem Fenster, sie kennen diese Tradition nicht. Warnke winkt ihnen zu, doch sie winken nicht zurück, und er denkt: Macht um Himmels willen die Tür auf! Er kann sich vorstellen, was die Nachbarn sehen.

Die ältere Tochter singt Sinterklaaslieder, sie ist musikalisch, Warnke möchte sie so schnell wie möglich in den Geigenunterricht geben. Nach dem Singen fragt sie im Wohnzimmer, wo sein Knecht, der Zwarte Piet, denn bleibt.

»Der konnte nicht kommen«, sagt Warnke geistesgegenwärtig. »Der ist verhindert.« Man merkt ihm nichts an, doch innerlich kocht er. Er liebt Perfektion, vor allem für seine Töchter. Warum haben sie nicht an einen Zwarte Piet gedacht? So schwer wäre das nicht gewesen. Er hat nicht daran gedacht. Bei ihm zu Hause kam Sinterklaas nie, seine Eltern waren fanatische Atheisten. Atheisten, denen man anmerkte, daß Gott ihnen im Nacken saß.

Er nimmt die Kinder auf den Schoß. Sein Bart rutscht ein bißchen herunter, doch das fällt niemandem auf.

»Seid ihr auch schön brav gewesen?« fragt er,

und mit der behandschuhten Hand kneift er die Ältere sanft in die Stupsnase. Währenddessen denkt er an Malena, an sein Leben, die Zukunft, das geweissagte Glück, und zum ersten Mal spürt er einen schrecklichen Schmerz, einen Schmerz, der ihm den Atem nimmt.

Unter Frau Warnkes fachkundiger Anleitung hat die Haushälterin Pfeffernüsse gebacken. Er verteilt sie an die Kinder.

Der Schmerz sitzt in Warnkes Kopf, doch auch in seinem Körper, der Schmerz kommt ihm vor wie Wahnsinn, obwohl er noch nie wahnsinnig war, wahrscheinlich ist es nur die Angst davor.

Von klein auf fürchtet er sich vor dem Wahnsinn, auf dieselbe Art vielleicht, wie seine Eltern vor Gott, einem Gott, den man nur mit allerstrengstem Atheismus bekämpfen konnte.

»Sinterklaas, wann kriegen wir unsere Geschenke?« fragt die Ältere, doch Warnke hat das Gefühl, zu ersticken. Seine Frau läuft mit dem Fotoapparat herum, den sie erst vor acht Tagen gekauft hat, extra für die Festtage. Erinnerungen müssen festgehalten werden. So sind Frauen. Ein Fotoalbum: Erinnerungen an einen Irrtum, geordnet in chronologischer Reihenfolge.

»Gleich«, sagt er leise, »die stecken noch im Sack.«

Warnke spürt Tränen in seine Augen schießen, er räuspert sich, gähnt, täuscht einen Hustenanfall vor. Er hält es nicht mehr aus. Er stellt seine Töchter auf den Boden, der Stab, der gegen den Stuhl lehnte, fällt klappernd aufs Parkett, er läuft zu den Terrassentüren und reißt sie auf.

Er hört die Ältere rufen: »Sinterklaas, Sinterklaas.«

Warnke rennt in den Garten. Der zu enge Mantel reißt. Er läßt sich ins Gras fallen. Fast stumm fleht er um Hilfe. Sein Bart rutscht noch weiter herunter. Er bekommt Flecken auf die weiße Strumpfhose, die er von seiner Frau geliehen hat und in die er kaum hineinpaßt. Er trommelt mit den Fäusten auf den Boden, reißt Gras heraus wie ein durchgedrehter Rasenmäher, blickt auf zum Himmel von Lima. Das ist das Schlimmste, was er je erlebt hat, und er hat keinen Namen dafür. Er preßt die Hände gegen die Ohren. Vielleicht ist es nur ein Vorgefühl, eine Ahnung, die sich womöglich als falsch herausstellt.

Seine Frau kommt zu ihm gelaufen. »Was ist los?« fragt sie. Sie schaut verärgert. Sie kauert sich neben ihn.

Warnke schluckt, wischt sich übers Gesicht, an seinen weißen Handschuhen klebt Erde. »Es geht schon, es geht schon wieder, ein Stechen im Bauch.«

»Du mußt mal zum Arzt gehen«, sagt sie und jagt Isabelle ins Haus. »Dem Sinterklaas ist nur ein bißchen übel«, ruft Catherina, »er kommt gleich zurück. Setz dich schön an den Tisch und wart auf ihn.«

Es ist ein warmer Abend, ein herrlicher Abend. Wärmer werden sie nicht, die Abende in Lima.

Doch Sinterklaas kommt nicht zurück. Im Keller zieht Warnke sich hastig um.

Die Haushälterin hält ein kleines Transistorradio ans Ohr.

»Kein Fernsehen heute abend?« fragt Warnke und entfernt die Schminke von seinem Gesicht. Er hat keine Erfahrung, um seine Nase und auf seiner Stirn bleiben Reste zurück.

»Fujimori«, sagt sie.

Familie Warnke ißt heute abend Roastbeef, doch die Kinder haben keinen Appetit. Freudlos wurden die Geschenke ausgepackt. Die Ältere schaute bei jedem Päckchen trauriger. Wieder war das Geschenk nicht dabei, das ganz oben auf ihrem Wunschzettel stand: ein Hund. Sie steht plötzlich vom Essen auf, stellt sich mit dem Schuh ans Fenster und singt leise: »Sieh, der Mond scheint durch die Bäume.«

Warnke lauscht ihr einen Moment und steht auf, er kniet sich neben sie. »Willst du deinen Schuh noch mal rausstellen, Isabelle?« fragt er. »Ein letztes Mal?«

Seine Tochter singt weiter, er sieht ihre feuchten Augen, und um sie zu trösten, faßt er ihr Handgelenk, küßt ihre Hand, saugt an ihren Fingern und singt zuletzt mit ihr zusammen »Sieh, der Mond scheint durch die Bäume«, bis seine Frau ruft: »Kommt jetzt bitte an den Tisch, und eßt euer Roastbeef.«

Ein paar Stunden vor dem Fest im Garten des Botschafters flickt die Sekretärin mit Sicherheitsnadeln den gerissenen Sinterklaasmantel. Sie ist eine Künstlerin im Reparieren von Kleidung.

Selbst an ein Pferd wurde gedacht. »Wir haben schon seit ein paar Jahren keinen Schimmel mehr gehabt«, sagte der Botschafter. »Dieses Jahr wird es mal wieder Zeit für einen richtig altmodischen Sinterklaas auf einem weißen Schimmel.«

Da ein paar Tage vor Nikolaus auf dem Bauernmarkt ein Pferd mit einer Sprengstoffladung in die Luft geflogen ist, wird der vom ersten Mann organisierte Schimmel – der Botschafter hat Verbindungen zu Pferdezüchtern – erst sorgfältig von Sicherheitsbeamten durchleuchtet, bevor er den Botschaftergarten betreten darf.

Es gibt Pfeffernüsse, doch nicht so leckere wie

die von Warnkes Haushälterin. Zwei peruanische Gärtner, die für den Botschafter arbeiten und in der Freizeit Niederländisch lernen, spielen Zwarte Piet.

Die üblichen Besucher sind erschienen. Eine Handvoll niederländischer Geschäftsleute, einige arbeiten schon ihr halbes Leben hier, ein versprengter Tourist mit Beziehungen, Familienangehörige der Botschaftsangestellten, diverse Mitarbeiter verschiedener Nicht-Regierungsorganisationen. Catherina steht mit den anderen Gästen im Garten, die Kinder hat sie zu Hause gelassen. Sie trägt einen ihrer selbstentworfenen Lederröcke.

Warnke schwitzt gewaltig in seinem Anzug, es gelingt ihm nicht, auf dem Schimmel zu reiten, darum wurde beschlossen, daß der Nikolaus ausnahmsweise neben dem Tier hergehen darf. Warnke liest ein paar Sinterklaasgedichte vor, über die der Botschafter laut lachen muß, doch die dem Rest der Gäste nur ein höfliches Lächeln entlocken.

Dann kommen die Getränke. Lächelnde peruanische Mädchen vom Cateringservice gehen mit jungem und altem Genever herum, dazu gibt es Hering auf Weißbrot.

Die zwei Nonnen, die sich für jugendliche Schuhputzer engagieren, sind auch da. Auf Drängen des Botschafters trinken sie jungen Genever. Sie tragen ihre Auszeichnungen auf dem Habit.

Während Warnke immer mehr schwitzt und seine Traurigkeit zunimmt, weil er heute nachmittag nicht ins El Corner kann, nähert sich ihm ein Niederländer, der in Lima für eine Investmentbank arbeitet. Warnke hat ihn schon ein paarmal auf Botschaftspartys getroffen. Er versucht, sich an seinen Namen zu erinnern, irgend etwas mit Hans oder Otto.

»Wie geht's, Sinterklaas?« fragt der Mann.

»Gut«, antwortet der. Er hat den Eindruck zu stinken, am liebsten würde er so schnell wie möglich wieder die eigene Kleidung anziehen, doch der Botschafter hat noch kein Zeichen gegeben.

Der Schimmel ist an eine Palme gebunden. Ein gutmütiges Tier, auch sehr alt und auf wundersame Weise dem Schlachthof entgangen. Sinterklaas streichelt sein Pferd und rückt die Bischofsmütze gerade.

»Und deiner Carmen«, fragt der Mann. »Wie geht's der?«

»Welche Carmen?« fragt Sinterklaas.

Der Mann lacht und sagt: »Ja, ja, Sinterklaas krault auch gern mal ein junges Fohlen. Na ja, wer nicht?«

Warnke hört auf, das Pferd zu streicheln, und wortlos geht er ans andere Ende des Gartens, wo die zwei Nonnen mit ihrem jungen Genever stehen.

Warnke geht so schnell, daß er seine Bischofsmütze festhalten muß. Ein Kind versucht, ihn aufzuhalten, und ruft: »Sinterklaas, Sinterklaas«, doch Warnke tut, als hätte er nichts gehört.

Mit den Nonnen redet er fünf Minuten über den Sündenfall, dann entschuldigt er sich und flüchtet auf die Herrentoilette, wo er seinen Bart richtet. Ein Mann, den er noch nie gesehen hat, steht an der Wand und pinkelt.

Im Waschbecken liegen Pfeffernüsse. Warnke setzt die Bischofsmütze ab, zieht seine Handschuhe aus, wäscht sich die Hände und beginnt ein Gebet zu murmeln, das er vor langer Zeit in einem Buch gelesen hat, doch nach ein paar Zeilen weiß er nicht mehr weiter. Er ist dabei zu zerbrechen, das spürt er – was ihn jedoch wundert, schließlich hat er endlich die Liebe entdeckt. Mit einem hellblauen Tuch trocknet er sich die Hände ab.

Dann nimmt er eine matschige Pfeffernuß aus dem Waschbecken und legt sie sich auf die Zunge. Sie schmeckt leicht nach Seife. Langsam begreift er, wonach er sich sehnt: Er sehnt sich danach, nicht mehr zu leben, Schluß zu machen. Das ersehnt er im Moment mehr noch als Malenas Zärtlichkeit, den Blick in ihren Augen, der sagt: Ich will dich. Vorsichtig setzt er sich die Bischofsmütze auf und zieht die Handschuhe wieder an.

Als er die Herrentoilette endlich verläßt, steht Catherina vor der Tür; sie erwartet ihn. »Wo warst du?« fragt sie. »Das Fest ist fast vorbei.«

In der dritten Dezemberwoche geht Warnke an einem Nachmittag um vier zusammen mit Malena in die Wohnung, wo sie schon so oft waren. So oft, daß es zur Gewohnheit geworden ist. Etwas, das man tut, ohne darüber nachzudenken. Er hatte gedacht, die Verliebtheit würde abnehmen, aber sie wird immer stärker, immer schlimmer.

Nach dem Sex fragt Malena, während sie sich den BH zuhakt: »Bist du eigentlich auch auf dem Weihnachtsfest in der japanischen Botschaft?«

Warnke bindet gerade seine Krawatte. Er zieht immer zuerst Oberhemd und Krawatte an, erst dann seine Hose.

»Den Empfang meinst du? Ja, ich glaub schon.«

Der BH ist jetzt zu, und Malena fährt sich mit den Fingern durch die Haare. Schnell und routiniert wie jemand, der es eilig hat und doch nichts vergessen will. »Ich würde nicht hingehen«, sagt sie.

Er sieht sie an, seine Geliebte, Ziel seines Lebens, Adressatin von gut fünf Dutzend Gedichten, sie, durch die sein Leben einen Sinn bekommen hat, kein Irrtum mehr ist.

»Warum nicht?«

»Bloß so«, sagt sie und lacht, »ich würde nicht hingehen.«

Sie geht zu ihm und küßt ihn lange auf den Mund. Er hat sich an ihren Geschmack gewöhnt, an ihre Zunge. Am Morgen hat er auf der Lippe ein Bläschen gespürt, doch das wagt er nicht zu sagen.

»Nur so 'ne Idee«, sagt sie. »Vergiß es, egal.«

Noch ein Kuß.

»Okay«, sagt er, »dann geh ich nicht hin.«

Sie küßt ihn übermütig und stürmisch, und er beantwortet ihren Kuß, doch ohne Übermut und auch nicht stürmisch.

Sie gehen Richtung El Corner, in der Hand hat er ein Päckchen, das er für sie verschicken soll. Er ist glücklich, auch als Malenas Postbote, und auf der Kreuzung, wo sie sich schon so oft getrennt haben, verabschieden sie sich abermals.

Weil Warnke nicht beschränkt ist, nicht schnell vielleicht, doch bestimmt nicht beschränkt, fragt er ein paar Tage darauf, als er mit dem Botschafter durch den Garten spaziert: »Gehen wir eigentlich auf den Empfang in der japanischen Botschaft?«

»Natürlich«, sagt der Botschafter, »müssen wir doch. Machen wir doch jedes Jahr. Nicht, daß es so ein Vergnügen wäre.«

»Ich würde nicht hingehen«, sagt Warnke.

Der Botschafter bleibt stehen, pflückt ein paar

tote Blätter von einem Strauch, den der Gärtner hat stehen lassen. »Nicht hingehen?« fragt er, als wolle er sich vergewissern, daß er richtig verstanden hat, und zerreibt ein Blatt zwischen den Fingern. »Dann gehen wir eben nicht«, sagt er, »dann fahre ich etwas früher nach Aruba, das trifft sich eigentlich prima.« Und er blickt Warnke mit dem leicht ironischen Lächeln an, auf das er das Patent zu besitzen scheint.

Der Weihnachtsempfang der niederländischen Botschaft ist der erste in einer langen Reihe diplomatischer Empfänge und für so eine Veranstaltung noch recht erträglich. Wenigstens braucht Warnke dabei keine Bischofsmütze aufzusetzen. Er hatte befürchtet, daß Klatschgeschichten über ihn und seine Liebe die Runde machen. Er ist nicht immer vorsichtig gewesen. Doch hat er hier und da diskret Erkundigungen eingezogen, und man erzählt sich nichts über ihn. Dieser Hans oder Otto hat gebluff. Solche Leute gibt es nun mal. Warnke gehört nicht dazu. Er ist kein Bluffer. Seine Stärke ist Detailkenntnis.

Offenbar hält keiner seiner Kollegen Warnke der Liebe für fähig und schon gar nicht der Leidenschaft. Bis vor kurzem hätte er selbst sich das auch nicht zugetraut, er hatte das Wort nur ironisch benutzt – und sich damit im Grunde lächerlich gemacht, denn der ironische Gebrauch von Wörtern ist immer lächerlich. Das stört ihn auch am Botschafter, nicht sein dubioser Handel mit Vitaminpräparaten, nicht seine verschrobenen Vorstellungen, sondern die Weise, wie er diese Vorstellungen zum Ausdruck bringt.

Leidenschaft hat für Warnke nichts Ironisches mehr, sie ist mächtig und konkret, wenn auch unsichtbar, wie die Schlinge des Wilddiebs. Die Nonnen haben ihm gesagt, daß in Gottes Plan jedes Unglück einen Sinn hat. Wie Gott Unglück in die Welt schickt, so schreibt Warnke seine Gedichte, auf spanisch, meist auf hellgelbem Papier.

Der Botschafter fährt mit Gattin, es ist seine dritte, nach Aruba. Warnke verabschiedet sich vorübergehend von Malena, während der Weihnachtsferien kann er nicht ins Café kommen. Er würde zwar gern, doch es geht nicht. Seine Kinder, seine Frau, all die Menschen, denen er nicht weh tun möchte, nie weh tun wollte, haben auch Anspruch auf ein wenig Aufmerksamkeit.

Der Abschied ist von heftigen Gefühlen begleitet, mindestens zwölf Gedichten und einer Damenhandtasche, die Warnkes Frau ihm einmal im Schaufenster gezeigt hat, weil sie sie so schön fand. Warnke vertraut dem Geschmack seiner Frau, auch bei Geschenken für Malena. Die freut sich sehr über die Tasche, die sie nach eigenen Worten gut gebrauchen kann.

Kurz vor dem El Corner küßt er sie schnell noch einmal. »Vergiß nicht, du bist mein Chunquituy«, flüstert er. »Vergiß das nicht, vergiß es nie.«

Roberto und seine Schwester schauen fasziniert zu. Auf der Straße zu leben hat seine Vorteile; man sieht viel.

Einige Abende später, die Kinder sind schon zu Bett, sitzt Warnke mit Catherina vor dem Fernseher. Sie hat den Arm um ihn gelegt, den Arm um den Irrtum. Gemütlich und zeitlos, so fühlt es sich an, in einem Irrtum zu leben. Es kann immer so bleiben, es braucht nie aufzuhören, eigentlich fehlt Warnke absolut nichts, bis auf Malena.

In diesem gemütlichen und anheimelnden Moment, Warnke hat sich fast damit abgefunden, versehentlich im Leben seiner Frau gelandet zu sein, kommt die Haushälterin ins Zimmer gelaufen, ihr kleines Radio in der Hand; es kostet Warnke einige Anstrengung, bis er sie versteht. Es hat eine Geiselnahme gegeben, sagt sie, in der japanischen Botschaft. Beim Weihnachtsempfang für Diplomaten und Würdenträger. Es wurde eine Geiselnahme.

Warnke hört nicht weiter zu, er nimmt die Fernbedienung, schaltet auf einen peruanischen Sender. »Können wir nicht erst den Film zu Ende sehen?« fragt seine Frau. »Es war gerade so spannend.«

Einen Moment betrachtet er die verrauschten Bilder der japanischen Botschaft, eine Stimme spricht erregt wie ein Kommentator bei einem Fußballspiel, dann reißt Warnke die Terrassentüren auf und hastet in den Garten.

Er denkt nicht an das, woran er als Botschaftsmitarbeiter jetzt eigentlich denken müßte, er denkt an Malena. Mit der Sache kann sie nichts zu tun haben, unmöglich, ausgeschlossen, sie ist jetzt zu Hause bei ihrer Mutter und ihren Schwestern, sie bereiten sich auf Weihnachten vor.

Er bleibt vor den Rosensträuchern stehen. Hier hat er mal ein Loch für ein leicht blutiges Kondom gegraben. Vor kurzem erst, doch ihm kommt es vor wie eine Ewigkeit.

Am Himmel fliegen Helikopter. Drei, zählt Warnke. Die japanische Botschaft liegt nicht weit von seinem Haus entfernt.

»Señor Baptist«, hört er, er blickt nach unten und sieht die Haushälterin. »Hier dürfen Sie nicht stehen, hier haben wir gerade gesät.«

Er geht auf die Terrasse zurück, wo die Gartenstühle stehen.

»Señor Baptist«, sagt die Haushälterin, die ihm

gefolgt ist; ganz gegen ihre Gewohnheit nimmt sie seine Hand. »Gut, daß Sie zu Hause sind, Señor, und nicht in dieser schrecklichen Botschaft.«

Das freundliche Lächeln in ihrem Gesicht wirkt auf ihn wie ein Grinsen. Voll Schadenfreude.

Er geht wieder hinein, seine Frau sieht immer noch fern.

Die Anzahl der Geiselnehmer ist noch unbekannt, fest steht nur, daß es sich um eine gemischte Gruppe handelt, Frauen und Männer. Entgegen ersten Vermutungen nicht Sendero Luminoso, sondern Tupac Amaru. Der Kommentator vermutet, daß es um eine Gefangenenfreilassung geht, die Verbesserung von Haftbedingungen, das Übliche.

Geschickt hatten die Geiselnehmer die beauftragte Cateringfirma infiltriert.

Fujimori nimmt eine harte Haltung ein. Das hat er immer getan, doch einigen Experten zufolge ist das manchmal nötig. Der Ausnahmezustand ist keine schlechte Sache, Warnke hat jedenfalls nie echte Probleme damit gehabt.

Im Badezimmerspiegel betrachtet er ein Gesicht, das ihm so gut wie unbekannt vorkommt, und auch nicht sehr sympathisch. Er starrt es an; erst nach ein paar Minuten fällt ihm auf, was das Gesicht eigentlich ausdrückt: eine Niederlage. Er macht das Licht aus, bleibt aber vor dem Spiegel stehen.

Das alte Jahr endet. Noch ein paar Stunden, dann beginnt 1997, Frau Warnke bäckt mit der Haushälterin zusammen Pfannkuchen. »Nicht nur ihre Pfeffernüsse sind sensationell, auch ihre Pfannkuchen sind ein Gedicht, sie könnte sofort bei uns in den Niederlanden anfangen«, sagt sie.

»Wir bekommen keine Aufenthaltsgenehmigung für sie«, antwortet Warnke.

Catherina schaut ihren Mann kurz an. »Warum begreifst du nie, was ich sage?« fragt sie.

Ein befreundetes Ehepaar ist zu Besuch, Niederländer, sie arbeitet für Unilever in Peru. Kurz nach Mitternacht, Isabelle ist noch auf, Warnke hat zwei Gläser Champagner getrunken, überfällt ihn wieder der Schmerz, den er zum ersten Mal bei seinem Sinterklaas-Einsatz gespürt hat.

Das Wachstum im Waschmittelsektor muß aus Lateinamerika kommen. Und aus Asien. In Europa und Amerika waschen die Leute schon mit der Maschine, doch anderswo bietet der Markt noch Möglichkeiten.

Um halb eins geht Warnke ins Schlafzimmer, läßt die Hose herunter, postiert sich vor dem Spiegel und denkt an Malena. So intensiv, so leidenschaftlich, mit solcher Sehnsucht, daß er seine Frau nicht die Treppe hochkommen hört. »Was machst du da?« fragt sie. »Katja und Tom wollen wissen, ob wir Lust haben, morgen abend zu ihnen zum Essen zu kommen.«

Und als bemerke sie erst jetzt, wie ihr Mann da steht, wiederholt sie: »Was machst du da? Was soll das?«

Warnke zieht sich hastig die Hose hoch, fummelt an seinem Gürtel herum. »Ich glaub, ich hab Ausschlag auf den Beinen«, sagt er. »Da wollte ich schnell mal nachsehen.«

»Jetzt? Wir haben Besuch. Es ist Silvester. Was soll der Blödsinn?«

Warnke sieht sich im Spiegel, der auf Wunsch seiner Frau an einer strategischen Stelle im Schlafzimmer plaziert ist. Sie haben nicht oft Sex, aber wenn, will sie sich dabei auch sehen.

»Ich hab Ausschlag auf den Beinen«, wiederholt Warnke.

Sie gehen nach unten ins Wohnzimmer.

Katja sagt: »Die Sicherheit der Mitarbeiter in Südamerika wird für Unilever ein immer größeres Problem.«

»Ja, das ist ein Problem«, sagt Warnke und steckt sich das Oberhemd noch etwas fester in die Hose.

»Aber guck doch, was in der japanischen Botschaft los ist!« sagt Tom. »Wenn jemand wirklich was Schlimmes vorhat, kann man sich nicht schützen. Der Leuchtende Pfad schreckt vor nichts zurück.«

»Das ist Tupac Amaru, nicht Sendero Luminoso, Tupac Amaru.« Warnke wiederholt die letzten Worte wie die Adresse einer Verwandten, einer Tante, die man zum ersten Mal allein besucht.

Tom hat seine Karriere bei Shell aufgegeben, um mit seiner Frau nach Peru zu gehen. Jetzt setzt er sich für eine niederländische Schule in Lima ein, damit auch Kinder niederländischer Diplomaten und Geschäftsleute eine ordentliche Schulausbildung bekommen.

»An das da in der Botschaft«, sagt Katja, »darf ich überhaupt nicht denken.«

Trotz der Versprechen Fujimoris, die Geiseln bis Neujahr freizubekommen, befinden sich fast achtzig Personen noch immer in der Gewalt der Rebellen.

»Tja«, sagt Warnke. »Wenn Leute wirklich was Schlimmes vorhaben...« Er spricht den Satz nicht zu Ende, er hat immer noch eine Erektion.

Katja und Tom haben vakuumverpackte Heringe aus den Niederlanden mitgebracht; Warnke wird davon schlecht, doch das wagt er nicht zu sagen. Er nimmt Isabelle auf den Schoß, sie schläft schon fast, hat den Daumen im Mund, den Warnke vorsichtig herausholt, damit sie später keine Spange braucht. Kurz nach ihrer Geburt wagte Warnke sie kaum hochzuheben, so ängstlich war er, er könnte sie totdrücken.

»Das war so schön«, sagt Katja, während sie Zwiebeln auf ein Stück Hering tut.

»Was?« fragt Warnke.

»Wie du beim Botschafter Sinterklaas gespielt hast, echt toll.«

Katja und Tom sehen ihn an, gerührt und mitleidig zugleich, doch im Gesicht seiner Frau bemerkt er auch etwas, das er nur als Ekel bezeichnen kann.

Die Geiselnahme in der japanischen Vertretung dauert an, ausländische Medien verlieren das Interesse, der Erzbischof stellt sich als Vermittler zur Verfügung, die niederländische Botschaft nimmt ihre Arbeit wieder auf. Der Botschafter kommt braungebrannt aus Aruba zurück, und mit neuer Begeisterung stürzt er sich auf den Verkauf seiner Vitaminpräparate.

Der Besuch des Ministers für Entwicklungszusammenarbeit wird nochmals verschoben, auf Anfang Sommer diesmal, doch aus Den Haag ist endlich eine Antwort auf Warnkes Frage eingetroffen. Der Minister hat keine Einwände gegen gegrilltes Fleisch.

Immer noch liest Warnke jeden Nachmittag im El Corner die *Newsweek,* doch Malena ist nicht mehr da. Er wählt andere Zeiten, morgens, ein paarmal kurz vor Ladenschluß, doch Malena bleibt verschwunden. Nach ihr zu fragen wagt er nicht, was sollte er auch fragen, und wen? Er bringt kein echtes Interesse mehr für die *Newsweek* auf, kann nur noch darin blättern, nur wenig dringt ihm ins Bewußtsein.

Er geht zu dem Apartment, wo sie zusammen glücklich waren, bleibt davor stehen, geht um den Block und landet wieder vor dem Apartment.

Eine Frau kommt heraus. Er spricht sie an, in seinem besten Spanisch. »Verzeihung, wissen Sie, wo Malena ist?«

Sie schaut ihn kurz an und geht dann wortlos weiter.

Er will ihr folgen, doch überlegt er es sich anders und geht zurück zur Botschaft.

Unterdessen schreibt er unverändert Gedichte auf spanisch, mit Hilfe des Reimlexikons und seines Wörterbuchs Spanisch-Niederländisch. Manchmal bis zu vier pro Tag.

Zu seinem großen Ärger suchen immer häufiger Weinkrämpfe ihn heim; er versucht, sie zu unterdrücken, indem er sich in den Arm kneift. Weil das auffällt, sagt er, er habe Nesselfieber.

»Um diese Jahreszeit? Hier?« fragt der Botschafter. »Seltsam. Aber da hab ich was für Sie.«

So verkauft der Botschafter Warnke ein neues Präparat, und während der erste Mann das Geld entgegennimmt, sagt er: »Den Haag fragt, warum eigentlich niemand von uns bei dem Empfang in der japanischen Botschaft war. Was soll ich antworten, Warnke?«

Warnke schaut den anderen kurz an, er versucht, etwas in seinem Blick zu lesen, doch die Augen des Botschafters sind kalt und leer wie die einer Frau, die einem sagt, daß die Beziehung für sie zu Ende ist.

»Sagen Sie, es war Zufall«, sagt Warnke.

»Zufall? Gut«, sagt der Botschafter, »sagen wir also, es war Zufall.«

Wochen gehen vorüber, das Programm für den Besuch des Entwicklungshilfeministers wird täglich geändert, die Geiseln sind immer noch nicht frei, die Verhandlungen kommen nicht voran, Catherina hat angefangen, Ledertaschen zu entwerfen, und Warnke verbringt jeden Tag mehr Zeit in seinem Büro, allein mit dem Porträt der Königin und zwei gerahmten Fotos seiner Kinder. Seine Produktivität nimmt zusehends ab, doch seine spanische Poesie macht Fortschritte.

Ende Februar bleibt er eines Nachmittags länger

als gewöhnlich im El Corner, der Botschafter ist zu einem Besuch im Landesinneren. Roberto putzt Warnkes schwarze Schuhe, und Warnke denkt an alles, was wieder in Ordnung kommen muß. Viel ist es nicht, eigentlich möchte er nur Malena wiedersehen. Trotz seiner atheistischen Erziehung hat er ein paar Tage zuvor die Kathedrale im Stadtzentrum besucht und einige Sekunden vor einem Heiligenbild gekniet. Vor welchem Heiligen, weiß er nicht. Auch in dieser Welt ist er ein Fremder.

Während er Roberto sein Geld gibt, murmelt der einen Namen, der Warnke erst ein paar Sekunden später voll ins Bewußtsein dringt.

»Malena?« fragt Warnke. Das Kind nickt und wiederholt den Namen, der ihm schon seit Wochen nicht mehr aus dem Kopf geht. Wie ein Bazillus in einer offenen Wunde hat sich der Name in seinem Kopf festgesetzt.

Das Kind nimmt Warnkes Hand, und Warnke denkt an seine Töchter. Daß die Ältere Musikunterricht braucht. Er will ihr eine Geige schenken.

Der kleine Schuhputzer zieht an Warnke wie eine ungeduldige Frau in der Bar und wiederholt den Namen. Den Namen aller Namen.

Warnke wußte nicht, daß Erinnerungen eine Krankheit werden können. Catherina fragt jeden Abend: »Warum ißt du nicht mehr richtig?«

Er läßt Geld auf dem Tisch liegen, zuviel, doch er hat keine Geduld, auf Wechselgeld zu warten. Er will dem Kind so schnell wie möglich folgen. Immerhin knöpft er sich noch das Jackett zu, er bleibt auf Form bedacht, in allen Lebenslagen. Man merkt ihm wenig an, das war schon immer seine Stärke, das ist von ihm übrig: ein Mann, dem man wenig anmerkt.

Draußen spielt die kleine Schwester des Schuhputzers, sie hat immer noch eine wunde Stelle auf der Oberlippe. Die Wunde ist schmutzig, sie sieht entzündet aus. Auf ihrem Gesicht wächst etwas, das man nicht lang ansehen kann, doch ihre Augen sind groß und schön.

Warnke fühlt sich von dem kleinen Schuhputzer weggezogen, doch tatsächlich zieht er selbst. Als wüßte er den Weg, als wüßte er schon alles.

Die Holzkiste mit den Schuhputz-Utensilien – eine Bürste, Schuhcreme, Tücher: Fetzen alter Unterhosen – baumelt an einem Seil um den mageren Leib des Jungen.

Die Dämmerung hat schon eingesetzt. Das Schwesterchen hüpft hinter dem seltsamen Paar her, ein kleiner Schuhputzer und ein langer Diplomat. Hand in Hand. Der eine etwas gebeugt, um die Hand des anderen zu erreichen.

Warnke weiß nicht, wohin sie gehen, er kennt die

Straßen nicht. Ab und zu fragt er: »Malena?«, dann nickt das Kind. Das genügt Warnke.

Sie kommen zu einem Spielplatz. Es gibt Schaukeln, ein Klettergerüst, ein paar Hunde.

»Malena?« fragt Warnke wieder.

Er sieht sich um, als müßte sie hier irgendwo auf ihn warten.

Im nächsten Moment ist Warnke von zwanzig, dreißig kleinen Schuhputzern umgeben. Sie ziehen an seiner Kleidung und seinen Händen, beginnen unaufgefordert, seine Schuhe zu putzen, lösen seine Schnürsenkel, klettern an ihm empor.

Er ruft: »Roberto«, doch der ist nirgends mehr zu sehen.

Er wedelt mit den Armen. »Stop«, sagt Warnke, »stop, stop, so geht das aber nicht.«

»Roberto!« brüllt Warnke, entgegen seiner Absicht, nie zu brüllen. Die einzige Antwort jedoch sind die kreischenden Stimmen der kleinen Schuhputzer, die sich auf ihn gestürzt haben wie ausgehungerte Hunde auf einen Brocken Fleisch. Sie schlagen mit den Bürsten gegen seine Beine.

In einiger Entfernung sieht er einen Passanten eilig vorbeilaufen, das Gesicht von dem Spektakel abgewandt.

Warnke findet etwas Kleingeld in der Tasche und wirft es weg, doch die Münzen machen keinen

Eindruck auf die Kinder. Sie rennen nicht hinterher.

Ein Mädchen beißt ihm in die Hand.

Er beginnt zu treten. Doch es sind zu viele Kinder, und Warnke hat nur zwei Beine. Sie sind dabei, ihm die Schuhe auszuziehen.

Ein kleiner Schuhputzer sitzt auf seinem Rücken, mit den langen Armen schlägt Warnke um sich, das Kind fällt, doch sofort macht sich ein zweites an die Belagerung. Sie haben ihm den linken Schuh ausgezogen.

Er hat keine Wahl. Er nimmt sein Portemonnaie aus der Brusttasche, das aus Innsbruck, das Relikt seiner Hochzeitsreise, und wirft es weg, so weit er kann.

Das lenkt sie einen Moment lang ab, zehn kleine Schuhputzer stürzen sich auf das Portemonnaie. Er kann sich losreißen, wenn auch auf Kosten seines rechten Schuhs, er beginnt zu rennen, über den verfallenen Spielplatz, in Richtung eines Häuserblocks, wo ein paar Lichter brennen, als trainiere er für einen Barfuß-Marathon. Er ist nur noch ein verängstigter und rennender Körper, mehr nicht.

Die kleinen Schuhputzer lassen ihn laufen, nur ein Hund rennt einige Meter hinter ihm her, bellend und an ihm hochspringend. Bis auch der es aufgibt.

Erst an einer Ampel wagt er stehenzubleiben, er hat Seitenstechen, sein Mund ist trocken und tut weh, seine Hand blutet, sein Jackett ist zerrissen.

Er hockt sich hin, sieht seine schwarzen Strümpfe. Erst jetzt spürt er den Schmerz. Auch sein linker Fuß blutet, ziemlich stark sogar, das Blut sickert durch den Strumpf, er muß in etwas Scharfes getreten sein.

Auf einem Bein stehend, hält er ein Taxi an, erst im Wagen fällt ihm ein, daß er kein Geld mehr hat, nichts mehr.

Er versucht, dem Fahrer seine Lage klarzumachen. Die einzige Antwort ist Tanzmusik aus dem Radio.

»Moment«, sagt Warnke, als sie bei seinem Haus angekommen sind, »nicht wegfahren, ich komm gleich mit Geld zurück.«

Hinkend läuft er vom Taxi zu seiner Eingangstür.

Er klingelt lange.

Die Haushälterin öffnet.

»Geld«, sagt Warnke. »Schnell!«

Als er den Fahrer bezahlt und hinkend abermals den Weg zu seiner Villa zurückgelegt hat, erscheint Catherina. Sie hat die Kinder in die Wanne gesteckt.

»Was ist passiert?« fragt sie.

»Ich hab meine Schuhe verloren.« Er klingt gelassen.

»Verloren?« Sie zeigt auf seine blutende Hand.

»Na gut, sie sind mir gestohlen worden.«

Warnke hinkt in den ersten Stock, die Kinder sitzen in der Wanne, die Ältere hält die Jüngere fest, im Wasser treiben Badeenten, insgesamt vier, eine trägt eine Mütze, sie heißt »Käpt'n Ente«. Warnke setzt sich auf das Bidet, zieht sich die Socke aus, die Wunde ist groß und blutig. Darin etwas, das er mit der Pinzette herausholen müßte.

Er setzt die Brille ab, hat nicht die Kraft, die Wunde zu säubern, eine Pinzette zu suchen. Es stört ihn nicht, daß die Kinder dabei sind, er heult, wie ein Tier, erst noch leise, dann immer lauter, sein Körper zuckt, und seine Töchter schauen interessiert, fast verwundert zu. »Hilfe«, flüstert Warnke, »bitte, helft mir doch. Das hält kein Mensch mehr aus.«

Im März kommen Tom und Katja zu Besuch. Katja erzählt, daß Unilever beschlossen hat, nun auch in Südamerika mit Nestlé auf dem Speiseeis-Sektor zu konkurrieren. Zehn Prozent jährliches Wachstum werden angestrebt. Der Bereich wird unter ihre Verantwortung fallen. Sie freut sich darauf. »Aber reden wir von was Aufregenderem«, sagt Katja. »Wie geht's den Kindern?«

»Gut«, sagt Warnke. »Und eurer Tochter?«

Er nimmt eine Bohne aus einer Schale.

»Sie ist verliebt«, sagt Tom, »fünf Jahre und verliebt. Ich kann mich nicht erinnern, daß ich mich mit fünf schon für Mädchen interessiert hätte.«

»Wir wollen's euch als ersten erzählen«, sagt Katja. »Wir kriegen ein zweites. Unilever wird nicht entzückt sein, wir aber schon.«

»Darauf müssen wir trinken«, sagt Warnke.

Er holt Gläser aus dem Schrank und eine Flasche Champagner. Während er einschenkt, bemerkt Katja: »Wie du zitterst.«

Warnkes Frau schaut ihn zuckersüß an, fast lasziv, so hat sie ihn schon lange nicht mehr angesehen, und Tom sagt: »Ich jogge momentan am Meer, das Stück bei Miraflores, du müßtest mal mitkommen.«

»Gute Idee«, sagt Warnke mit der Flasche in der Hand, »das müssen wir machen.« Er denkt an Leute, die ins Wasser gegangen sind und für immer verschollen blieben.

Das Geiseldrama geht auch im März unverändert weiter, und bei einem zweiten Glas Riesling fragt der Botschafter eines Freitagnachmittags: »Den Haag hat noch mal gefragt, warum keine niederländischen Diplomaten in der japanischen Botschaft waren. Was soll ich sagen?«

»Daß es Zufall war«, antwortet Warnke. »Nichts weiter. Pures Glück.«

»Das hab ich schon gesagt, das hab ich doch schon.« Das Gesicht des Botschafters ist reine Melancholie.

Am Mittwoch nachmittag, dem 23. April, kehrt Warnke von seiner täglichen Tasse Kaffee im El Corner zurück, mangels *Newsweek* hat er wieder mal in *Cosas* geblättert.

Auf der Treppe fängt ihn die Sekretärin des Botschafters ab. »Kommen Sie, schnell«, sagt sie.

Sämtliche Mitarbeiter stehen im Büro des ersten Mannes und starren auf den Fernseher, den der Botschafter in einem Schrank über seinem Vitaminvorrat versteckt hat.

Die peruanische Armee hat am Nachmittag die japanische Botschaft gestürmt. Sie sind über einen Tunnel ins Gebäude eingedrungen. Eine Geisel stirbt an Herzinfarkt, keiner der Geiselnehmer überlebt.

»Wurde auch Zeit«, sagt der Botschafter und schluckt eine Vitamin-E-Tablette.

Warnke geht schweigend in sein Büro, wo er einen Blick auf das Sonnett wirft, das er am Morgen geschrieben hat. Er geht früher nach Hause als sonst, er vergißt sogar den Riesling.

Am Abend sitzt er mit Catherina auf dem Sofa vor dem Fernseher. Er sieht die Befreiung der japanischen Botschaft noch einmal, gleichsam in Zeitlupe, erweitert um Analysen und Kommentare erfahrener Beobachter. Eine Geisel erklärt, daß die Geiselnehmer sie und die anderen bei der Erstürmung hätten töten können, doch sich dagegen entschieden hätten.

Die Geiselnehmer wurden an Ort und Stelle erschossen, auch diejenigen, die sich ergeben wollten.

Einige weibliche Geiselnehmer waren schwanger, wie sollten sie auch die Zeit herumbringen, all die Monate, eingeschlossen in der Botschaft? Wie man hört, spielten sie abends im ersten Stock Fußball.

Fujimori besucht das verwüstete Gebäude und schreitet zwischen den Leichen hindurch. Sein Gesichtsausdruck verrät Zufriedenheit.

Catherina schaut atemlos auf den Bildschirm wie auf einen Thriller.

Dann sieht Warnke trotz des körnigen Bildes und der nervösen Kameraführung in der unteren Bildecke, schräg unter den Schuhen Fujimoris, Malena liegen. Kein Zweifel. Sie ist es. Er kennt sie zu gut, die Haltung ihres Körpers, ihren Gesichtsausdruck, ihr Haar.

Fujimori macht einen Schritt über sie hinweg,

kurz bleibt die Kamera auf Malenas Leiche stehen, fährt sogar näher heran, und dann sieht Warnke, was er nicht sehen kann, dafür ist das Bild zu unscharf, doch wovon er trotzdem überzeugt ist und was er den Rest seines Lebens nicht mehr vergessen wird, nicht kann und nicht will: einen kleinen silbernen Delphin an einem Kettchen um Malenas Hals.

Die Reportage geht weiter. Und als fiele es ihr erst jetzt ein, fragt Catherina: »Warum warst du eigentlich nicht auf dem Empfang bei den Japanern?«

Wortlos steht Warnke auf und geht in den ersten Stock. Er ist nur noch eins: ein Mann, der auf einem Weihnachtsempfang hätte erscheinen müssen und das nicht getan hat.

Er öffnet die Tür zum Schlafzimmer seiner Töchter, doch das einzige, was er sieht, ist Malenas Gesicht schräg unter Fujimoris Schuhen, ein silberner Delphin an einem Halskettchen. Die Erinnerung genügt ihm, denn sie bedeutet: Sie hat mich geliebt, wird mich immer lieben. Auch sie war womöglich schwanger. Typisch für Malena, bei einer Geiselnahme schwanger zu werden.

Er hebt die jüngere Tochter aus dem Bett. Leicht ist sie. Er küßt sie auf die Stirn, sie schläft weiter.

Ein paar Sekunden später steht seine Frau im Kinderzimmer. »Was machst du da?« fragt sie.

Im Mai, gut vier Wochen vor dem Besuch des Ministers für Entwicklungszusammenarbeit, wird Warnke eines Morgens zum Botschafter gerufen.

»Setzen Sie sich«, sagt der Botschafter.

Warnke setzt sich.

»Um gleich mit der Tür ins Haus zu fallen«, sagt der erste Mann, »Den Haag fragt sich immer noch, warum keine niederländischen Diplomaten auf dem Fest der Japaner waren.«

»Die Frage haben wir schon hundertmal beantwortet«, sagt Warnke. »Wir hatten Glück. Das kommt vor. Hundsordinäres Glück.« Für seine Verhältnisse ist er verärgert.

»Den Haag glaubt nicht an Glück«, sagt der Botschafter und schiebt Warnke einen Umschlag zu. Warnke zögert einen Moment, doch der Botschafter schweigt, schaut nachdenklich vor sich hin, darum öffnet Warnke schließlich den Umschlag. Es sind Fotos darin. Fotos von ihm und Malena im Zoo. Vor dem Käfig der Ameisenbären.

Schöne Fotos, auch wenn manche verwackelt sind, Fotos, die man aufheben möchte, um sie sich an einem Winterabend in Ruhe noch mal anzusehen.

Warnke blickt den Botschafter an, so neutral wie möglich, er versucht zu lächeln, doch sein Schmerz ist zu groß, größer als die Angst, größer sogar als seine dienstliche Distanziertheit.

»Wurden Sie erpreßt?« fragt der Botschafter.

Erpreßt, das Wort verwirrt Warnke. Erpreßt. Von wem? Warum? Die Frage bringt ihn fast zum Kichern, so absurd findet er sie.

»In dem Fall könnte ich vielleicht noch was für Sie tun, wir sind alle nur Menschen, nicht wahr? Wir bleiben Menschen.«

»Nein«, sagt Warnke nach ein paar Sekunden Schweigen, »es war keine Erpressung.« Was es war, kann er nicht sagen, nicht hier jedenfalls. Chunquituy, müßte er sagen, es war Chunquituy, nichts als Chunquituy.

Der Botschafter steht auf, schaut aus dem Fenster, vor dem Gebäude steht der Wachschutz. Die Maschinengewehre der Männer wirken von hier aus wie Spielzeug.

»Das ist mein letzter Posten, Warnke, ich hab nichts zu verlieren. Ich hab mein Bestes für Sie getan, ich hab mich für Sie eingesetzt, aber Ihre Position ist unhaltbar. Wir wissen inzwischen, was von hier aus alles verschickt wurde – wir wollen nicht, daß andere das auch erfahren. Und vor allem wollen wir nicht, daß die Presse Wind davon bekommt.«

Der Botschafter schweigt einen Moment, als habe er den Faden verloren. Warnke wartet ab, er hat nichts zu sagen, er hat schon alles gesagt.

»Ich hab zu Ihren Gunsten vorgebracht, wie Sie hier Sinterklaas gespielt haben, wie freundlich Sie immer waren und gewissenhaft, aber umsonst. Den Haag mag keine Skandale. Die Königin mag keine Skandale, keine Skandale dieser Dimension. Wenn's Erpressung gewesen wäre, dann hätt ich es verstehen können. Aber ich versteh es nicht, und das stört mich noch am meisten. Man hat Sie benutzt, Warnke, einfach benutzt. Sie haben sich benutzen lassen, und wozu?«

Der Botschafter schenkt sich ein Glas Wasser ein, schluckt eine Tablette und geht dann zum Fenster zurück. Warnke betrachtet die Fotos, er kann seine Augen nicht davon lösen. Auf einem hält er Malena fest, ganz fest im Arm, als wüßte er, daß er schon dabei ist, sie zu verlieren, es immer gewußt hätte, aus seiner Brusttasche ragt die Glückskarte des Äffchens, der Himmel ist leicht bewölkt. Auf dem Schnappschuß sieht man Kinder, die ihren Tag im Zoo genießen. So sehen sie jedenfalls aus. Er nimmt ein anderes Foto, Malena und er Hand in Hand. Dann sieht er am Bildrand einen Mann im lila Pullover. Auch ein Zoobesucher, offenbar wie sie an Ameisenbären interessiert. Ein Mann, den Warnke schon einmal gesehen hat, doch er weiß nicht mehr, wo.

Er schüttelt langsam den Kopf. Was weiß der

Botschafter schon? Nichts weiß er. Überhaupt nichts. Was weiß er von silbernen Delphinanhängern und Chunquituy? Was versteht er von komplizierten Sonetten auf hellgelbem Papier? Sie hat ihn gewarnt, weil sie ihn liebte, darum trug sie auch den silbernen Delphin. Doch er hätte sie nicht allein gehen lassen dürfen. Er hätte tun müssen, was er sonst auch getan hätte: den japanischen Botschafter mit seiner Anwesenheit beehren.

»Ich glaube, es ist das beste, wenn Sie noch heute Ihre Demission einreichen. Ich hab den Brief schon schreiben lassen. Um es Ihnen leichter zu machen. Eine Unterschrift, mehr brauchen wir nicht von Ihnen. Eine Formalität, aber so sind nun mal die Regeln.«

Der Botschafter tritt vom Fenster auf ihn zu. Er legt ihm die Hand auf die Schulter.

»Ich hab Sie immer gemocht«, sagt der Botschafter, »ich kann einen Ausrutscher gut begreifen, Warnke. Sehr gut sogar. Uns allen sind mal kleine Ausrutscher passiert. Allen. Aber manche Sachen muß man unter den Teppich kehren, die Teppiche sind nicht für nichts. Und diese hier sind sehr dick. Hüten Sie sich vor den Teppichen. Da sind schon ganze Menschen drunter verschwunden, und dann waren sie weg.« Der Botschafter holt tief Luft, erleichtert, wie es aussieht. »So, es scheint mir das beste, wenn Sie jetzt nach Hause gehen und Ihre Frau informieren. Machen Sie sich keine Sorgen, ein Mann mit Ihrer Erfahrung findet schnell wieder eine Anstellung. Vergessen Sie alles. Fangen Sie einfach irgendwo noch mal von vorn an.«

Er gibt Warnke die Hand, begleitet ihn zur Tür. »Was mich angeht«, sagt der Botschafter noch, »hat dieses Gespräch nie stattgefunden, was Den Haag angeht, auch nicht, und ich vermute, daß Sie das genauso sehen. Wir müssen das Leben nicht unnötig komplizieren, Warnke, es ist auch so kompliziert genug.«

Einen Moment lang starrt Warnke noch auf die Fotos auf dem Schreibtisch des Botschafters. Dann geht er in sein Büro und packt seine Sachen. Es dauert nicht mehr als fünf Minuten.

Er geht nach Hause, am El Corner vorbei, wo Roberto und seine Schwester seit dem bewußten Vorfall nicht mehr aufgetaucht sind. Jetzt arbeitet dort ein anderer Schuhputzer.

Es ist ein langer Weg, doch Warnke ist gut zu Fuß, er ist immer gut zu Fuß gewesen.

Die Tasche ist schwer von seinem Reimwörterbuch.

Seine Frau ist nicht zu Hause. Sie ist mit den Kindern unterwegs, sagt die Haushälterin.

Er geht ins Schlafzimmer, wo er versucht, seiner Frau einen Brief zu schreiben, doch es gelingt ihm nicht. Immer wieder zerreißt er das Papier.

Dann geht er ins Badezimmer und rasiert sich sorgfältig. Er nimmt eine Nagelschere und schneidet sich die Fingernägel. Mit der Schere in der Hand geht er ins Schlafzimmer zurück, er kniet vor dem Bett; das Bett, in dem er gut zwei Jahre geschlafen hat. Er drückt sein Gesicht in die Laken, die Haushälterin hat neue aufgezogen. Er riecht das Waschmittel und schreit kurz auf. Dann schneidet er das Kuscheltier seiner Frau in kleine Stücke. Es ist anstrengend, denn die Schere ist nicht sehr scharf. Er verletzt sich, macht weiter, bis nichts mehr von dem Tier übrig ist. Nur ein paar Fäden, Füllstoff, zwei Glasknöpfe, die einmal die Augen waren. Warnkes Gesicht ist naß von Tränen und sein Körper naß von Schweiß. Er zittert wie ein Kranker. In diesem Zustand stopft er ein paar Kleidungsstücke und das Reimwörterbuch in eine Reisetasche. Zur Haushälterin sagt er: »Ich muß kurz verreisen.«

Wochenlang irrt er durch die Stadt wie ein Terrorist, den man vergessen hat zu liquidieren. Der Minister für Entwicklungszusammenarbeit besucht Peru, doch Warnke hat nichts mehr damit zu tun. Der Minister besichtigt das Flaggschiff der niederländischen Entwicklungszusammenarbeit, eine Ananasplantage, danach gibt es ein großes Grillfest im Garten des Botschafters, zu dem auch viele Journalisten eingeladen sind, doch Warnkes Anwesenheit ist nicht mehr erwünscht.

Nachdem Catherina ihr Kuscheltier zerfetzt auf dem Bett gefunden und noch kurz mit der Frau eines anderen niederländischen Diplomaten telefoniert hat, die diplomatische Buschtrommel funktioniert rasend schnell, hat sie ihre Koffer gepackt und ist mit den Kindern in die Niederlande zurückgekehrt.

Die Scheidung ist bereits eingereicht, und ein Familienrichter hat entschieden, daß Warnke seine Kinder erst wieder sehen darf, wenn er sich von einem Psychiater hat untersuchen lassen. Die richterliche Gewalt hat kein Verständnis für zerstückelte Kuscheltiere.

Tom erfährt Warnkes Adresse in einem schäbigen Hotel in einem Außenbezirk von Lima. Er ruft ihn an, und nach einigem Drängen stimmt Warnke einem Treffen im San Antonio zu.

Zum vereinbarten Zeitpunkt ist Tom nicht da, Warnke wartet am Eingang des Cafés. Nach zehn Minuten kommt Tom in seinem Jeep. Auf der Rückbank ein Kindersitz. Die Warnkes hatten auch so einen, zwei sogar.

Als sie an einem Tisch am Fenster sitzen, sagt Tom: »Katja weiß nicht, daß ich hier bin, verstehst du? Sie hat immer noch Kontakt mit…«

»Ich verstehe«, sagt Warnke. Er schaut aus dem Fenster und sieht den Jeep mit dem Kindersitz.

Tom bestellt einen Espresso, Warnke bittet um einen Milchshake.

»Du siehst gut aus«, sagt Tom. Er tut Rohrzucker in seinen Espresso und gibt Warnke einen freundschaftlichen Knuff. »Wirklich gut, aber was ich sagen wollte: Nimm dir einen Anwalt. Katja hört von Catherina, daß du auf nichts reagierst. Briefe, Telegramme, Anrufe, nichts. Ich hab Erfahrung mit so was, glaub mir, mein Bruder hat auch mal so was durchgemacht. Du willst doch weiter Kontakt zu den Kindern? Dann brauchst du einen Anwalt.«

Warnke trinkt den Milchshake durch einen Strohhalm. Erdbeergeschmack.

Tom schreibt etwas auf einen Zettel. »Ruf diesen Mann an«, sagt er, »er wohnt in Haarlem, exzellenter Anwalt, er hat meinem Bruder geholfen, und das war kein leichter Fall, er wartet auf deinen Anruf.«

Warnke wirft einen kurzen Blick auf den Zettel, es steht ein Name darauf, eine Telefonnummer, sogar eine Adresse mit Postleitzahl. »Ich nehm noch einen Milchshake«, sagt Warnke, »wenn's dir nichts ausmacht.«

Auf der Straße holt er seine Sonnenbrille hervor und setzt sie sich sorgfältig auf die Nase.

Nicht eine niederländische Zeitung hat von Warnkes überraschendem Abgang berichtet. Manche Teppiche schlucken alles. Der Botschafter hat recht gehabt.

Zuerst wohnt Warnke in billigen Hotels in der Nähe des Flughafens, dann zieht er in Tramperherbergen im Zentrum, wo er die Dusche mit Rucksacktouristen teilt.

Er hört auf, sich zu rasieren, kauft keine neuen Hemden, kauft überhaupt nichts mehr. Seine Krawatten liegen ganz unten in seiner Reisetasche.

Er ißt auf der Straße, erst macht ihm das noch manchmal zu schaffen, dann hat sein Magen sich daran gewöhnt.

Abends sitzt er mit dem Reimwörterbuch auf dem Bett und schreibt Gedichte. Der Name pocht noch immer in seinem Kopf wie eine Krankheit, neben dem Bild eines kleinen Delphins um den Hals einer Leiche. Eine Erinnerung, die keine Erinnerung ist, davon zehrt er, mit der falschen Erinnerung schleppt er sich durch den Tag.

Jetzt, wo er sich in Gegenden aufhält, wo Diplomaten sonst nicht hinkommen, laufen ihm ab und zu Schulkinder hinterher, doch das stört ihn nicht, er merkt es kaum.

Er beginnt einen Brief an seine Mutter. »Liebe Mama«, schreibt er. »Du wirst ja inzwischen gehört haben, was hier passiert ist. Ich habe beschlossen, keinen Anwalt zu nehmen, weil die Toten keinen Anwalt brauchen. Ich fände es schön, wenn Isabelle bald Geigenunterricht bekäme, aber das steht nicht in meiner Macht. Ich habe Isabelle und Frédérique immer sehr geliebt, genau wie Dich, Mutter. Ich hoffe, Du wirst gut versorgt, und die Schwestern sind nett zu Dir. Du kannst mir postlagernd schreiben. Ich gehe jeden Tag zum Amt, um nachzusehen, ob Post für mich da ist. Weißt Du noch, wie Du mit mir mal in die Miniaturstadt Madurodam gefahren bist, zusammen mit Vater, und wie wir danach in Scheveningen Milchshakes getrunken haben? Das trinke ich in letzter Zeit wieder öfter.«

Immer häufiger besucht Warnke tagsüber Kirchen, vor allem, um Ruhe zu haben. Dort sitzt er zwischen Obdachlosen, Unglücklichen und Bettlern, die Mittagspause machen, hin und wieder kommt ein verirrter Tourist herein.

Er hat niemanden mehr, mit dem er reden könnte, darum beginnt Warnke zu beten.

Zu einer alten Frau, die ihn in einer Cafeteria anspricht und fragt, ob er Gesellschaft sucht, sagt er: »Ich bin nicht allein, ich habe Jesus.«

Doch Genosse Jesus tut, was der Rest der Welt, bis auf die eine Frau, schon immer getan hat: Genosse Jesus enttäuscht. Auch Jesus ist ein Verräter.

Und so lehrt Jesus Warnke nicht lieben, sondern hassen. Haß auf Fujimori, der ihm Malena genommen hat, Haß auf den Botschafter, der ihn hat fallenlassen, ohne mit der Wimper zu zucken, Haß auf die Königin und Den Haag, die ihn geopfert haben, Haß auf seine Frau, die ihm acht Jahre seines Lebens gestohlen hat, Haß auf die Gesellschaft, die seinen Vater getötet hat, Haß auf sich selbst, weil er das alles zugelassen hat. Er stand daneben und hat zugesehen.

Jetzt, ohne den äußeren Schein eines Diplomaten, sieht er aus wie eine Vogelscheuche. Eine überdimensionierte Vogelscheuche in einer Stadt, die er nie verstehen wird, doch die er auch nicht mehr verlassen kann.

Als er eines Tages in der Kathedrale am Großen Platz sitzt, nicht mehr, weil er etwas von den Heiligen oder vom Erlöser erwartet, sondern weil er dort Ruhe findet, ohne dafür zahlen zu müssen, spürt er eine Hand auf der Schulter. Warnke denkt an einen Bettler, denn in Lima betteln sie nicht nur vor der Kirche, sondern auch drinnen. Widerwillig dreht er sich um und schaut in das Gesicht eines Mannes, ein bekanntes Gesicht, doch kann er sich nicht erinnern, woher.

»Jean?« fragt der Mann.

»Wir sind uns mal begegnet«, sagt Warnke nach ein paar Sekunden, »aber ich weiß nicht mehr, wo.«

Der Mann lächelt. »Der Gesangsverein«, sagt er, »die Aufführung.«

Und Warnke sieht das Gesicht wieder vor sich, damals noch mit Bart, den kahlen Raum, wo er Pisco trank und Malena zum ersten Mal küßte. Der Mann, der ihn in den Raum im Keller führte, zügig, entschlossen, wie jemand, der weiß, was er tut.

»Natürlich«, sagt Warnke. »Natürlich.«

Der Mann sagt nichts mehr, bleibt noch ein paar Sekunden sitzen, als müsse er zu Atem kommen, nickt Warnke dann zu und geht langsam Richtung Ausgang. Warnke schaut ihm nach, steht schließlich doch noch auf und folgt ihm, wie man im letzten Moment dem Leben hinterherrennt.

»Warte«, flüstert er, »warte auf mich.« Noch vor dem Beichtstuhl hat Warnke den Mann eingeholt.

Februar 1998, gut ein Jahr nach der Geiselnahme in der japanischen Botschaft, sitzt Warnke in einem Auto unterwegs zum Flughafen von Lima. Er trägt wieder eine Krawatte und hat sich gründlich rasiert, hinter die Ohren hat er etwas White Linen getupft. Der Haß hat sich in Kälte verwandelt.

Er steigt aus dem Auto. Nimmt seine Reisetasche aus dem Kofferraum. Der junge Mann, der ihn gebracht hat, fährt sofort davon.

Dem Wachmann am Eingang zeigt er sein Ticket. Für Flug 918 American Airlines nach Miami. Er darf die Abflughalle betreten.

Warnke stellt sich in die Reihe vor der Sicherheitskontrolle. Dort warten mehrere Familien, bepackt mit Geschenken und Lebensmitteln. Ein blinder Mann mit Sonnenbrille und Stock. Eine Frau, die ihr Kind auf der Schulter trägt. Kurz denkt er an seine Töchter. Nicht lange. Er denkt nicht mehr oft an sie.

Er hat viel gelesen in den vergangenen Monaten. »Das Bedürfnis nach einem stets ausgedehnteren Absatz für ihre Produkte jagt die Bourgeoisie über die ganze Erdkugel. Überall muß sie sich einnisten, überall anbauen, überall Verbindungen herstellen.« Solche Bücher. Wer sich überall einnistet und Verbindungen knüpft, muß mit dem Schlimmsten rechnen.

Er wartet noch einen Moment, denkt an das Kettchen mit dem Delphin um Malenas Hals, das Kind in ihrem Bauch, *sein* Kind, daran zweifelt er nicht mehr, den Zoo, das Äffchen, das für ein paar Sol sein Glück aus einer Schachtel zog und ihm eine Zukunft mit vier Kindern vorhersagte, die Seelenverwandte, die er schon gefunden hatte, und dann doch noch mal an seine Töchter. Eine Badeente mit Mütze, die »Käpt'n Ente« hieß. Es nutzt nichts. Sein Entschluß steht fest.

Er drängt sich tiefer in die Menschenmasse, seine Kälte macht ihn berechnend. Er ist nichts als ein Mann, der auf einem Empfang hätte erscheinen müssen, doch dann wegblieb.

So sieht der Tod aus, der zu spät kommt – Warnke: ein Diplomat in Freizeitkleidung. Der Gürtel mit dem Sprengstoff liegt fest an seinem Körper, die linke Hand steckt in der Tasche seiner Windjacke. In Gedanken zählt er langsam bis zehn.

»Alles ist ein Schrei nach Liebe«, hat Warnke in einem seiner Gedichte für Malena geschrieben.

Er hört Reisende plaudern, ein Kind quengelt, etwas weiter schlendern zwei Polizisten, mehr auf ihr Gespräch konzentriert als auf die Umgebung.

Das Kind auf den Schultern der Frau ißt Kekse aus einer Zellophanpackung. Schokokekse. Überall sich einnisten, überall handeln, Verbindungen knüpfen, über den Erdball jagen, all das hat seinen Preis.

Das Kind ißt gierig. Warnke ist bei sieben.

Als er sich verabschiedete, vor ein paar Stunden, haben sie ihn geküßt. Der Kuß der Genossen. Der Kuß Malenas.

Er kann sich nicht erinnern, je lebendig gewesen zu sein. Bevor er auf den Zünder drückt, murmelt er: »Das ist für mein Chunquituy.«

Der Duft des Glücks
Arnon Grünberg in Lima

Der Strand war steinig, und das Rollen des Meeres klang wie krachendes Feuerwerk, mit jeder Welle aufs neue. Die ideale Kulisse für ein Hochzeitsfoto.

Der Nebel war so hartnäckig wie die Jogger und Surfer.

Die Armenviertel waren gut hinter Mauern versteckt, doch auf einigen Hochhäusern standen selbstgebaute Hütten, die einen Hauch von Anarchie vermittelten. Im Vergleich zu Manila war es nicht weiter schockierend, nach Manila ist nichts mehr schockierend.

Man sah ein paar Rucksacktouristen, unterwegs zu den Geheimnissen des Inkareichs, oder sie kamen gerade von dort zurück.

Manchmal denke ich, der westliche Tourist fährt vor allem in die Dritte Welt, um dem Waschzwang zu entgehen. In irgendeinem Buch, ich weiß nicht mehr in welchem, hab ich mal gelesen, daß jemand Selbstmord beging, weil er den Gedanken nicht ertrug, am nächsten Morgen wieder duschen zu müssen.

An einer Ampel auf der Schnellstraße zwischen Miraflores und dem Zentrum standen, auch an Sonn- und Feiertagen, zwanzig Verkäufer, um deren Hals Bestätigungen hingen, daß ihre Aktivitäten legal waren.

Ich war fasziniert von ihrem Angebot: eine Weltkarte von zwei mal drei Metern. Kleiderhüllen. Eine Säge. Rollenweise Strick, fünf Meter zu einem Sol. Ein kleiner Supermarkt kam vorbeigelaufen.

Mich reizte der Gedanke, dort vor der Ampel auf halbem Weg zwischen Miraflores und Zentrum: Warum nicht eine Weltkarte von zwei mal drei Metern kaufen. Oder vielleicht ist ein Strick doch die Lösung.

Der Verkäufer, ein halbes Kind, zog an dem Strick, um zu zeigen, wie stabil er war. Seine Haut war von Abgasen gezeichnet, verriet einseitige Ernährung. Die Haut verrät alles. Ich wollte gern etwas kaufen, doch nicht im Format zwei mal drei Meter. Es wurde ein Kreuz an einer lila Schnur. Genosse Jesus ist bei mir.

Das größte Warenhaus hieß Ripley. Der Wachschutz war minimal. In Lima wollte uns niemand in die Luft jagen.

Auf Brandmauern am Zoo standen noch ein paar Parolen, die die Wirtschaftspolitik Präsident Toledos anpriesen.

Wie in Prag gab es viele Casinos.

Mühsame Telefongespräche. Ich sah die Menschen nur noch als Schatten.

Der Nebel war trügerisch, denn ich bekam Sonnenbrand auf der Nase.

Was Menschen tun, tun sie aus Sehnsucht nach einem besseren Leben, doch da beginnt das Problem, denn ich glaube an wenig. Nicht an ein Haus, das man einrichten muß, nicht an die Ehe, nicht an Familie, Freundschaft, einen Ort, von dem sich sagen läßt: Hierher gehöre ich. Was ich mit anderen teile – und das sind auch die flüchtigen Momente, in denen ich die Menschen nicht als Schatten wahrgenommen habe, sondern als elegant geformte Klumpen Fleisch –, ist Verzweiflung.

Was ich in anderen suche, ist Verzweiflung. So wie der Goldsucher Gold.

Im Zentrum von Miraflores befand sich Café Café. Das Café hieß wirklich so, ich kann's nicht ändern. Dort arbeiteten vier Frauen, die allesamt in den Tortenlieferanten verliebt waren. Ihre Verliebtheit hatte mich alles andre vergessen lassen.

Der Tortenlieferant kam mit einem kleinen Lieferwagen um ein Uhr nachmittags. Er lieferte nur eine Torte, denn auch in Peru hatte die Rezession zugeschlagen. Wenn die Wirtschaftspolitik des Präsidenten auf Brandmauern bejubelt wurde, konnte man sicher sein, daß sie nichts taugte.

Die Mädchen rannten dem Tortenlieferanten entgegen, sie umarmten ihn und sahen zu, wie er seine Torte lieferte.

Danach blieb er noch kurz bei ihnen, so wie ein Gott sich noch ein Weilchen mit den Sterblichen abgibt, bevor er wieder auf den Olymp zurückmuß.

Als er weg war, setzte eines der Mädchen sich an einen Gästetisch – Café Café hat nicht viele Besucher – und schickte jemandem (ich vermute dem Tortenlieferanten) eine SMS.

Eine Minute später empfing sie die Antwort, ein breites Lächeln überzog ihr Gesicht. Sie lief zu den anderen und zeigte ihnen die Nachricht. Es wurde gekichert. Die SMS des Tortenlieferanten wurde immer wieder gelesen, als handle es sich um eine Offenbarung des Genossen Jesus.

Eine Stunde darauf lief ich immer noch glücklich durch Lima, vorbei an Geldwechslern in grünen Schürzen.

Ich mag Städte, in deren Straßen Geldwechsler ihre Dienste anbieten. Ihr Kurs ist ein oder zwei Cent günstiger als der der Bank. Die Ökonomie des kleinen Glücks. Sie stehen an der Ecke, ein dikkes Bündel Scheine in der Hand, flüstern was man ohnehin schon weiß und geben nicht auf. Jeder Passant könnte etwas zu wechseln haben, jeder Passant ist Hoffnung. Das Goldmuseum von Lima war nicht schlecht, die eigentliche Attraktion jedoch waren die Geldwechsler.

Unter ihnen arbeitete auch eine Frau, sie wedelte lässig mit einem Bündel Dollars, die man ihr jederzeit aus der Hand hätte reißen können, doch wahrscheinlich wäre man zwanzig Sekunden später tot gewesen.

Es gab Beschützer, doch auch Beschützer kosten Geld.

Seien wir ehrlich: Gefühl ist eine Sache des Verhandelns.

Eine Beziehung ist nichts anderes als das Feilschen um einen Teppich auf einem arabischen Markt. Manche Leute denken, es gehe um den Teppich, doch der wahre Inhalt des Geschäfts ist das Verhandeln, der Teppich ist reiner Vorwand.

Manchmal muß man sagen: »Wenn das so ist, kauf deinen Teppich doch irgendwo anders.«

Manchmal muß man dem Kunden hinterherlaufen und rufen: »Komm zurück, ich hab noch viele Teppiche auf Lager, die du noch gar nicht gesehen hast und die sich auch sehr lohnen.«

Ab und an muß man zuerst noch andere Kunden bedienen, ein andermal muß man auch sagen: »Bevor wir weiter über Teppiche reden, trinken wir erst mal eine Tasse Tee.«

Wenn sie zu interessiert sind, stelle ich mich taub, doch wenn sie meinen Laden ohne Transaktion verlassen, renne ich ihnen hinterher, bis mir die Füße weh tun.

Meiner Meinung nach ist das der Kern jeder Beziehung. Alles andere ist Unsinn. Aber ich bin eben auch ein Araber.

Am nächsten Tag kehrte ich ins Café Café zurück. Zu meiner großen Freude wiederholte sich das Ritual vom Nachmittag zuvor.

Der Tortenlieferant erschien; es kam Leben in die Mädchen des Cafés. Er schenkte hier ein Küßchen, da ein Streicheln über den Kopf, da ein unverbindliches Zwinkern. Dann entschwand er wieder mit seinem Lieferwagen und hinterließ im ganzen Café den Duft des Glücks.

Es wurde Jom Kippur. Seit Jahren hatte ich keine Synagoge mehr betreten, doch aus Neugier wollte ich in Lima gern mal wieder eine besuchen. Im Internet fand ich eine Adresse. Die Synagoge war gut versteckt. Ein Mann vom Sicherheitsdienst sprach mich und meinen Begleiter an, fragte, wo wir herkämen, ob wir Juden seien und ob wir unsere Pässe dabeihätten.

»Ich hab keinen Paß dabei«, sagte ich, »aber eine

Kreditkarte.« Und das zu Jom Kippur. Kreditkarten sind an dem Tag Teufelszeug. Seltsamerweise durften wir nach dem Fauxpas hereinkommen.

Ein junger Mann empfing uns herzlich.

»Wir bleiben nur ein Viertelstündchen«, flüsterte ich dem Reiseführer zu.

Ich bekam ein Gebetbuch, eine Kippa und einen Platz zwischen den Gläubigen und ein paar verirrten Touristen.

Ich kannte die Gebete noch, doch so wenig wie ich an die Ehe glaube, so wenig glaube ich an das Gebetshaus. Obwohl ich einen Großteil meiner Jugend dort verbracht habe.

Woran ich sehr wohl glaube, ist Scham. Wie kam ich hier wieder weg, ohne den netten Mann, der sich meiner so freundlich angenommen hatte, vor den Kopf zu stoßen?

Nach einer Viertelstunde ging ich auf die Toilette, winkte dem Reiseführer, und wir flüchteten aus der Synagoge.

»Das haben wir gut gemacht.« Wir wurden von einem Schuhputzer verfolgt, doch zu Jom Kippur darf man sich die Schuhe nicht von einem Kind putzen lassen.

Mir gefiel, daß sie auch Schwämmchen und Farbe dabeihatten, um Turnschuhe wieder weiß zu bekommen.

Wenn man jung ist, glaubt man noch, daß es normale Leute gibt und man nur das Pech hat, sie nicht zu kennen. Später erkennt man, daß das Unsinn ist, daß es keine normalen Menschen gibt. Es gibt nur Patienten. Manche Patienten können sich auf Kosten anderer über Wasser halten, und dann nennen wir sie nicht Patienten. Dann nennen wir sie erfolgreich.

Arnon Grünberg *im Diogenes Verlag*

Blauer Montag
Roman. Aus dem Niederländischen
von Rainer Kersten

Die provozierende Lebensgeschichte eines jungen Mannes aus jüdischem Elternhaus, der nicht weiß, wem er sich mehr zugehörig fühlen soll: der zweiten Generation der Holocaust-Opfer oder der ›Generation Nix‹. Dessen Schulkarriere ein frühes Ende nimmt, weil er lieber mit Freundin Rosie durch Kneipen und Cafés zieht. Der das Amsterdamer Rotlichtmilieu zu erkunden beginnt, als Rosie ihn verläßt – wie weh diese Trennung tut, wird nirgends ausgesprochen. Und der es bald nur noch in der gekauften Nähe von Prostituierten aushält, sich dem Alkohol hingibt und dem Verfall. Der schließlich im Anzug des verstorbenen Vaters selbst eine Laufbahn als Gigolo antritt.

»Die Stärke dieses wilden Textes liegt in seiner Unmittelbarkeit und im Fehlen jeglicher Larmoyanz. Die Sprache ist bei aller Flapsigkeit von gnadenloser Klarheit und Präzision. Das Weinen, das dem Erzähler im Hals steckt, bleibt stumm oder äußert sich in absurder Komik.« *Hannes Hansen / Die Welt, Berlin*

Statisten
Roman. Deutsch von Rainer Kersten

Ewald und Broccoli wollen das Glück nicht wie durch eine Sanduhr hindurchrieseln lassen, sondern hängen einer Reihe großer Träume nach: anders zu sein, Schauspieler zu werden und mit Elvira zu schlafen, die in Argentinien in einem einzigen Film die Hauptrolle gespielt hat, die nichts lieber tut als tanzen und schlafen – alleine – und die das Talent hat, alles, was sie tut, so aussehen zu lassen, als sei es die normalste Sache der Welt... Ein sehr gefährliches Talent.

»Der Roman, in dem es von traurigen und haltlosen Gestalten nur so wimmelt, lebt von einem befreienden Credo: Verzweiflung, befindet Grünbergs Erzähler Ewald, sei nichts Tragisches, sondern eine ›ausgesprochen trockene und komische‹ Angelegenheit. Grünberg hält genau den richtigen Ton zwischen Lakonik und verletzlicher Selbsterkenntnis. Mit Ewald leiden, lästern und träumen wir.«
Karen Fuchs/Die Welt, Berlin

Phantomschmerz
Roman. Deutsch von Rainer Kersten

Ein Mann zwischen drei Frauen, allein mit seinen Illusionen, seinen Träumen – aber mit dem nötigen Wahnwitz, das Leben als Rausch zu begreifen. In einer Stretchlimousine mit Wasserbett rast er dem Leben hinterher, will es einholen, überholen, dem Alltag entfliehen – und bremst sich dabei doch nur selber aus...

»Bittersüß erzählt, voller Wehmut und mit beißendem Humor. Die Geschichte jenes Mannes, der bei dem Versuch, seinen ›gewaltigen Hunger‹ nach dem Leben zu stillen, in aberwitzigste Situationen gerät, doch letztendlich nie wirklich bei sich selbst ankommt.« *Der Spiegel, Hamburg*

Der Vogel ist krank
Roman. Deutsch von Rainer Kersten

Vor den Wagnissen einer Schriftstellerkarriere hat sich Christian Beck in eine Existenz als Übersetzer von Gebrauchsanweisungen geflüchtet – ein Asyl vor dem eigenen Leben. Doch wie lange kann man sich aus dem Leben heraushalten? Als seine langjährige Freundin todkrank wird, will sie heiraten – aber nicht ihn.

»Ein großartiger Roman, poetische Kraft, slapstickartiger Humor und Überraschungen, die auf jeder Seite lauern.«
Jan Brandt / Frankfurter Allgemeine Sonntagszeitung

Gnadenfrist
Deutsch von Rainer Kersten

Jean Baptist Warnke hat nicht nur einen Job als Diplomat, er hält sich auch im Privatleben aus allem diplomatisch heraus. Bis er sich in Lima mit Haut und Haar verliebt. Doch wer ist die Studentin Malena? Eine feurige Liebe, die ungeahnten Zündstoff enthält...

»Geradlinig, gewitzt, gelungen. Das subtile Psychogramm eines liebesverblendeten Mannes, der unversehens vom Biedermann zum Brandstifter mutiert.«
Hendrik Werner / Die Welt, Berlin

Der Heilige des Unmöglichen
Deutsch von Rainer Kersten

Im Moment, da wir dies schreiben, sind wir sechs Jahre, vier Monate, zwei Wochen und einen Tag in Amerika. Unsere Mutter ist Kellnerin. Sie war sehr jung, als sie uns bekam, darum ist sie immer noch schön. So erzählt das Brüderduo Tito und Paul Andino, 18 und 19, wie aus einem Mund. Gemeinsam schlagen sie sich durch in New York als Illegale, arbeiten für einen mexikanischen Lieferservice. Vor allem aber lieben sie die mysteriöse Kristin. Was sie den staunenden Brüdern erzählt, ist ihr Vermächtnis vor einer ungeheuerlichen Tat...

»Arnon Grünberg erzählt eine berührende Geschichte aus der Schattenwelt der Flüchtlinge – voller Komik und Absurdität, grundiert von einem Ton der Gewalt und der Trauer.«
Augsburger Allgemeine Zeitung

Tirza

Roman. Deutsch von
Rainer Kersten

Jörgen Hofmeester ist Vater von zwei Töchtern und arbeitet für einen renommierten Verlag. Er hat sich in seinem Leben an erster Adresse in Amsterdam bestens eingerichtet. In Stille liebt er seine Töchter. Daß seine Ehefrau ihn gegen ihre Jugendliebe und ein Leben auf dem Wohnboot eingetauscht hat und ein beachtlicher Teil seines Vermögens durch dunkle Mächte verschwunden ist, stört ihn nicht wirklich. Solange er seine Kinder nur lieben darf. Doch eines Abends steht die Ehefrau wieder vor der Tür. Und dann tritt ein Mann in Jörgen Hofmeesters Leben, der ungute Erinnerungen an weltpolitische Ereignisse weckt...
Tirza ist ein Buch darüber, was es heißt, krank zu sein vor Liebe zum eigenen Kind, immer in dem Glauben, sein Bestes zu geben, ja mehr, als dem Menschen möglich ist.

»Seit *Tirza* zählt Arnon Grünberg zu jenen Autoren ersten Ranges, die es vermögen, die Unbegreiflichkeit des menschlichen Verhaltens auf eindringliche Weise verständlich zu machen.«
Wim Vogel / Haarlems Dagblad

Marek van der Jagt im Diogenes Verlag

Amour fou
Roman. Aus dem Niederländischen
von Rainer Kersten

Auf der Suche nach der Amour fou begegnet der junge Philosophiestudent Marek van der Jagt in seiner Heimatstadt Wien Andrea und Milena. Er hofft, daß die Touristinnen aus Luxemburg ihn in die Geheimnisse der Liebe einweihen. Mareks Bruder Pavel erlebt eine wunderbare Nacht, doch Marek selbst macht eine frustrierende Entdeckung…

»Das ist ein buchstäblich verrückter Roman, virtuos geschrieben. Ein vergnügliches, ein leichtes Lesemuß.«
Alexander Kudascheff / Deutsche Welle, Köln

Monogam
Deutsch von wRainer Kersten

Ich war monogam. Wenn auch nicht freiwillig. Außer der Kindergärtnerin begehrte ich viele andere, doch die Wirklichkeit schien mir so feindselig, daß ich ihr lieber aus dem Weg ging. Mein Leben fand anderswo statt…
Wer lesen will, daß Sex allein glücklich macht, liegt mit diesem Buch genauso richtig wie die zarten Seelen, die an die große Liebe glauben, sie aber noch nicht gefunden haben. Und diejenigen, die über allem stehen, dürfen sich über die Schwierigkeiten anderer amüsieren.

»Liebe saukomisch und hochneurotisch: Marek van der Jagt ist die niederländische Antwort auf David Sedaris. Von diesem Autor möchten wir gern mehr lesen!« *Franziska Wolffheim / Brigitte, Hamburg*

»Holland hat einen neuen Kultautor: Marek van der Jagt.« *Rolf Brockschmidt / Der Tagesspiegel, Berlin*

Connie Palmen
im Diogenes Verlag

Connie Palmen, geboren 1955, wuchs im Süden Hollands auf und kam 1978 nach Amsterdam, wo sie Philosophie und Niederländische Literatur studierte. Ihr erster Roman *Die Gesetze* erschien 1991 und wurde gleich ein internationaler Bestseller. Sie erhielt für ihre Werke zahlreiche Auszeichnungen, so wurde sie für den Roman *Die Freundschaft* 1995 mit dem renommierten AKO-Literaturpreis ausgezeichnet. Connie Palmen lebt in Amsterdam.

»Es ist selten, daß jemand mit soviel Ernsthaftigkeit und Witz, Offenheit und Intimität, Einfachheit und Intelligenz zu erzählen versteht.«
Martin Adel / Der Standard, Wien

»Lebendige und gewitzte Erzählkunst paart sich mit feinsinnigen Reflexionen über die großen Themen Liebe, Tod, Sucht und Lebenshunger.«
Leonhard Fuest / Max, Hamburg

Die Gesetze
Roman. Aus dem Niederländischen
von Barbara Heller

Die Freundschaft
Roman. Deutsch von Hanni Ehlers

I. M.
Ischa Meijer – In Margine, In Memoriam
Deutsch von Hanni Ehlers

Die Erbschaft
Roman. Deutsch von Hanni Ehlers

Ganz der Ihre
Roman. Deutsch von Hanni Ehlers

Idole und ihre Mörder
Deutsch von Hanni Ehlers

Luzifer
Roman. Deutsch von Hanni Ehlers